园林与明清世情小说叙事

2024年度河北省高等学校科学研究项目（青年基金项目）

中国古典小说的跨媒介叙事及其审美演绎

王諲◎著

安徽师范大学出版社
ANHUI NORMAL UNIVERSITY PRESS

·芜湖·

图书在版编目(CIP)数据

园林与明清世情小说叙事 / 王譿著.—芜湖:安徽师范大学出版社,2023.11

ISBN 978-7-5676-6193-6

Ⅰ.①园… Ⅱ.①王… Ⅲ.①古典小说—小说研究—中国—明清时代 Ⅳ.①I207.419

中国国家版本馆CIP数据核字(2023)第131307号

YUANLIN YU MINGQING SHIQING XIAOSHUO XUSHI

园林与明清世情小说叙事

王 譿◎著

责任编辑:潘 安　　　　　责任校对:胡志立

装帧设计:张 玲 姚 远　责任印制:桑国磊

出版发行:安徽师范大学出版社

　　　　芜湖市北京中路2号安徽师范大学赭山校区　邮政编码:241000

网　　址:http://www.ahnupress.com

发 行 部:0553-3883578　5910327　5910310(传真)

印　　刷:苏州市古得堡数码印刷有限公司

版　　次:2023年11月第1版

印　　次:2023年11月第1次印刷

规　　格:880 mm×1230 mm　1/32

印　　张:9

字　　数:173千字

书　　号:ISBN 978-7-5676-6193-6

定　　价:68.00元

凡发现图书有质量问题,请与我社联系(联系电话:0553-5910315)

前　言

　　中国古典园林作为一门综合艺术，代表了中华传统优秀文化的一个重要方面，它凝聚着古人异乎寻常的智慧，体现了人们对诗意人生和理想境界的向往。园林作为自然和人文的结合体，时常出现在历代文学作品中，其幽思缥缈的意境和自由美好的形态常为历代文人传唱。

　　明清两代正是世情小说和园林艺术的盛行之时。两者虽隶属于不同艺术领域，却共同存在于同一个文化背景当中。两者在历史的发展上齐头并进，最终互补交融，迸发出新的艺术品格和美学价值。

　　园林是世情小说中的一个重要叙事环境。对园林艺术全方面展开分析，有助于我们更好地理解世情小说的艺术特点和叙事思维，从而探究园林在小说叙事、情节设置、人物形象塑造上的功能意义。

　　本书共设四章。

第一章为世情小说园林探源。立足于中国古典小说中的思维观念和文化特质,总结归纳中国古典小说中的一系列园林形态及其审美特质,勾勒中国古代小说中园林之起源与发展的脉络。本章以古典小说文献为基础材料,以中国古代的山水意识为核心,洞察古人的自然情怀,从而对小说园林文化的形成进行观照,由山水观照进而生发出各个类型的理想圣境,高山之上、海中之渚、洞穴庙宇都成为理想境地的载体,这些境地在人间最终以园林的形式表现出来。受明清时期的造园风尚和小说创作者们的园林实践以及时代文风的影响,世情小说中的园林呈现出鼎盛之势。

第二章为世情小说园林的形态风貌概览。世情小说是根据内容题材来命名的一种小说体式,其内容和形式与产生于宋代市井的话本小说有相似之处,因而可以推断世情小说的雏形就是话本小说,世情小说反映普通人的日常生活的题材特点与话本小说的本质相同。由于明清造园、兴园之风气兴盛,园林成为普通民众特别是文人阶层日常生活不可或缺的重要场所,园林的普遍性使其成为世情小说的主要叙事环境。世情小说中,无论长篇短篇、白话文言,都有园林的出现,所不同的是占据文章的篇幅和出现的频数,这些在本章中有所显示。每部世情小说内容和风格的不同,以及园林在其中所扮演的角色和功能的差异,使得园林形态和美学意蕴有较大的差异。世情小说中的园林是风光无限、姿态万千的。

第三章为园林视域下的明清世情小说叙事研究。明清时期世情小说和园林艺术同时出现在普通民众的生活中，小说创作者不由得将园林文化用到世情小说的创作当中，使园林充当小说的叙事背景，完成故事环境从奇幻向现实的一种回归，从根本上改变了传统小说的叙事风貌。园林艺术对世情小说叙事的影响表现在园林文化、园林空间和园林意象三个方面。明清时期，世情小说与园林艺术都呈现出繁盛的气象，二者并驾齐驱，在相互渗透和影响中走向融合。

第四章为园林视域下世情作品分析。园林是一个具有鲜活的生命律动的有机体，它与小说情节、人物命运和作品的整体思维走向密切相关。《金瓶梅》作为明清世情作品的开篇，成就了园林叙事的艺术，在花园中表现出了传统的审美诉求以及新思潮下的象征意义。这一叙事空间的成熟标志着世情文体的成熟。《醒世姻缘传》中的园林形态零碎，却从侧面展现了山东一带乡村风情。明水镇作为一个郊外林园，具有分割叙事的功能，同时寄托了作者的理想情怀。《林兰香》中的园林则表现出了浓郁的文人气息，这里的环境与人物品性结合紧密。《红楼梦》化用园林的"借景"技法，将深情绵邈的情思和解之无穷的意蕴倾注在这一微缩的空间当中，从而赋予大观园以及整部作品独特的审美特征和意义。《歧路灯》是首部以教育为目标的世情小说，着墨较多的园林景致，一个为碧草轩，另一个为南园，这是一文雅一朴实两种风格的林园风貌。作为贯穿小说始终的书房——碧草轩与谭家命运密切相关，其中包含着作者"用心读书，亲近正人"的创作主旨。《蜃楼志》作为明清世情小说的收尾之作，向世人展现了在世纪之交，东西方文化交融的浮华官商世界。其中所出现的私家园林皆有岭南园林的风格特色。明末清初的才子佳人系列小说，其中的园林形态显示出戏曲舞台的程式化特性和幻美的写意式手法。

明清小说尤其是明清世情小说，鱼龙混杂，笔者以园林为视角，去其糟粕，取其精华，旨在深入发掘我国古代优秀的园林艺术。笔者水平有限，不足之处在所难免，欢迎批评指正。

目　录

第一章　信有桃源在文中
　　　　——从历代小说中寻找园林之源　　001

第一节　小说中的山水清音　　003

第二节　仙乡乐岛的追寻　　016

第三节　现实园林文化的影响效应　　033

第二章　长篇世情小说园林风貌概述　　039

第一节　世情小说文体探源——以话本小说为雏形　　041

第二节　长篇世情小说园林风貌览胜　　051

第三节　世情小说园林类型概括　　069

第三章　园林视域下的世情长篇叙事　　085

第一节　园林文化下的小说主题与人物　　087

第二节　园林空间下的叙事美学与叙事节奏　　108

第三节　园林意象下的叙事功能模式　　140

第四节　世情小说中的花园形态与情节结构　　146

第四章　园林视域下世情作品叙事研究　　161

第一节　《金瓶梅》——世情小说园林的首次登场　　163

第二节　《醒世姻缘传》——村野景象下的园林形态　　178

第三节　《林兰香》——园林参与叙事的进一步深入　　191

第四节　《红楼梦》——园来取景文来借　　203

第五节　《歧路灯》——以碧草轩为代表的书房情节　　220

第六节　《蜃楼志》——别样的岭南风情　　235

结　语　　249

主要参考文献　　257

附　录：园林剪影　　267

第一章　信有桃源在文中

——从历代小说中寻找园林之源

　　本书中提到的"园林",指我国传统的古典园林,即对一定的地段范围的选择和对该地段环境的改造,必须是通过整体的艺术构思规划并通过艺术手段和工程技术完成,创作出来的自然环境具有审美意义。

　　园林与文学存在千丝万缕的联系。中国传统的古典园林是凝固着的也是有机生长着的中国立体文学,凝聚着中国人的哲学思想、美学思想、空间观念和工艺章法,它亦根据文学的艺术意念和情境追求与创造美的世界。

　　自然界中的山水是园林的第一母体,自古以来,人们对自然界的幻想和改造从未停息,人们对自然界的感情和理解构成了中国美学基础——"物感说"。园林与文学之间的结合正是建立在这样的思维模式基础之上,其根脉粗壮深广。明清时期的世情小说将园林艺术一览无余地刻绘出来,园林与小说的结合达到顶峰。

第一节 小说中的山水清音

从纵向的小说史的角度来看,自然山水在小说文本中的作用大致分为三个阶段:第一阶段,集中在先秦及两汉时期,此时期的内容表现为对自然山水的幻想与依附,人们对之充满着幻想与畏惧,同时赋予其崇高的意义;第二阶段,集中在魏晋至唐宋时期,此时期的内容表现为对山水自然的欣赏与寄托,人们与山水之间多了一层平等交流的关系,学会以审美的眼光来体验自然界的山水之美,这里的自然山水逐渐变为人们希望栖居归隐的理想境地;第三阶段,集中在元至明清时期,山水作为一种新的载体而承载了创作者的情感和寄托,并且承担了小说叙事的部分功能,标志着小说技法走向成熟。

一、先秦及两汉时期神话中的山水——从混沌畏惧走向实用性

物质基础决定着人们的思维,上古时期的自然观取决于人们当时的物质生产状况。先民面对山岭、河流和湖泊,必须思考怎样从中获取生活保障,怎样应对灾难和变化。毫不夸张地说,中国的山水文学是在对山水敬畏中开始的。

上古时期并无文学体裁的划分,一切体裁的源头都从

神话说起。中国小说最早是群众文娱活动的一种,它能表现人民的喜怒哀乐的情绪,是人民大众所喜爱的形式①。神话作为人类童年时代心灵历程的写照,以一种简单原始的形式来体现上古人们的思维范式和审美情感。神话作为中国小说的一个重要源头,多见于《山海经》《淮南子》《列子》等一系列著作中。

《山海经》可以称得上是原生态神话的一部作品集,描述了当时山川河流、民俗风物、奇兽怪鸟、植被草木、金玉珍宝、自然矿物的原始风貌。在这里我们关注原生态神话艺术本身。

先民的想象是大胆的、无拘无束的,首先体现在对事物方位的记录上。这里无论是某山还是某水,都是地处偏远的、一般人难以达到的。对其中事物的描述,所用较多的词是"多""有""如"之类。如《山海经》载"招摇之山":

> 多桂,多金、玉。有草焉,其状如韭而青华,其名曰祝余,食之不饥。有木焉,其状如穀而黑理,其华四照,其名曰迷穀,佩之不迷。有兽焉,其状如禺而白耳,伏行人走,其名曰狌狌,食之善走。②

《山海经》整部作品表述方式简洁、想象奇特,给人以天

---

① 郑振铎《郑振铎古典文学论集》,上海:上海古籍出版社,1984年版,第288页。

② 袁珂《山海经校注》(增补修订本),成都:巴蜀书社,1993年版,第1页。"穀""榖"(简化字"谷"),另有人都作"榖"。

马行空的艺术想象。但无论这个世界有多瑰丽多彩，在人脑中所反映出来的图式只是一个大致轮廓，山上或海里究竟有多少事物，具体形态是怎样，我们不得而知。

其次，人们对周围事物认识的模糊性表现在其对外物的描述上。在《山海经》里，很难找到一个有具体清晰形象的事物，这些动植物非奇即怪，这种混沌思维表现在具体的事物上便是由多种器官和性能拼凑在一起的综合体，因而出现了许多似是而非的事物。如"杻阳山"：

> 有兽焉，其状如马而白首，其文如虎而赤尾，其音如谣，其名曰鹿蜀，佩之宜子孙。怪水出焉，而东流注于宪翼之水。其中多玄龟，其状如龟而鸟首虺尾，其名曰旋龟，其音如判木，佩之不聋，可以为底。①

这里的兽如马似虎，这里的鱼像龟似鸟。多个事物拼凑在一起而不分，正是混沌思维的一种体现。

在神话中，自然山水有神奇的功能，首先体现在对日常生活的追求上，他们希望能缓解病痛、延长寿命，给自己带来无穷的力量。其次体现在对物质财富的追求上，如他们想象了一些镶金嵌玉的山：

> 又东三百里，曰堂庭之山，多棪木，多白猿，多水玉，多黄金。

①袁珂《山海经校注》（增补修订本），成都：巴蜀书社，1993年版，第4页。

又东三百八十里，曰猨翼之山，其中多怪兽，水多怪鱼，多白玉，多蝮虫，多怪蛇，多怪木，不可以上。①

面对私有化的产生，先民渴望自己能够拥有更多的财富，于是他们幻想着远方有金山玉山，来暂时缓解缺乏生活物资的惆怅之情。

汉代的神仙道教小说《神异经》中也有大量对自然界动植物实用性的记录。

如《神异经·东荒经》载：

东方有树，高五十丈，叶长八尺，名曰桃。其子径三尺二寸，和核羹食之，令人益寿。

又《神异经·东南荒经》载：

东南海中有泹洲，洲有温湖，鲋鱼生焉。其长八尺，食之宜暑而辟风寒。②

这些道教小说，模仿《山海经》的体例模式，对山水风物进行艺术性的夸饰与幻想。

神话作品《穆天子传》，多数学者认为是战国时期的作

①袁珂《山海经校注》（增补修订本），成都：巴蜀书社，1993年版，第2—3页。

②王根林、黄益元等校点《汉魏六朝笔记小说大观·神异经》，上海：上海古籍出版社，1999年版，第50页。

品。《穆天子传》是一部较早的游记类小说,其内容涵盖了大量的山川风物,对穆天子所游之高山描写详尽,表现出对山体灵岳的敬畏之感,抑或衬托穆天子之赫赫功业。如卷二载:

> 季夏丁卯,天子北升于舂山之上,以望四野。曰:"舂山,是唯天下之高山也。"孳木□华畏雪,天子于是取孳木华之实。曰:"舂山之泽,清水出泉,温和无风,飞鸟百兽之所饮食,先王所谓县圃。"天子于是得玉策枝斯之英。曰:"舂山,百兽之所聚也,飞鸟之所栖也。"爰有□兽食虎豹,如麇而载骨,盘□始如麇,小头大鼻。爰有赤豹、白虎、熊黑、豺狼、野马、野牛、山羊、野豕,爰有白鸟、青雕,执犬羊,食豕鹿。曰:"天子五日观于舂山之上。乃为铭迹于县圃之上,以诏后世。"①

统观描写上古时期的作品,几乎找不到客观地记录山水、描绘自然的作品,自然界的山水风物在人们面前还未得到清晰而客观地展现。人们或是采用"以我观物"的思维观念去理解它们,或是带着浓厚的幻想和情感去记录它们。作品中的山水蕴含的是人们的泛神崇拜和对山水利用的功利观念。在上古时期,人们对大自然积极地感知,但由于条

---

①王根林、黄益元等校点《汉魏六朝笔记小说大观·穆天子传》,上海:上海古籍出版社,1999年版,第11页。

件的限制，他们用想象和推测等一切可以用得上的智慧去理解自然，最终以满足自身的需求，这大多是以获取物质为目的而向自然投去的关注的目光。上古时期的人们不仅是现实的适应者，更是一个想追溯过往和探求未来的求知者。

二、魏晋至唐宋时期的小说——自然山水的客观化与审美化

春秋战国时期，人们对于山水已具有审美意识，但此种审美尚未达到纯粹审美的程度，而是带有突出的功利目的。此时人们对山水的审美趋向于精神层面，他们偏重山水对于道德的象征性，从中演化出来了"山水比德"之说。"取象比类，比德于物"是先秦文章中常用的手法，言说者以具体物象为比喻象征的对象，自然界中的动植物成为常见之"象"，从而表达其抽象的说理。《诗经》《楚辞》以及先秦诸子的经典中，都不乏见到类似的手法。"比德于物"也是中华民族的一种传统的审美方式。人们细细地观察生存于自然界的生灵，掌握了它们独有的生活方式和运动节律，并从中提炼出与人性相仿的特性，用之来比附美好的人性和人格。这一时期，人们对山水的情感更为积极，为古典园林的到来准备了充分的条件。

传统的文学史认为，魏晋时期是山水审美的一个关键性阶段，文学中的山水向独立的山水文学迈进。魏晋之时自然山水已经开始闯入人们的审美视野，人们对自然山水的态度发生了巨大的飞跃，从之前有距离地排斥与敬畏，逐渐发展为与之地位平等地欣赏与体验。尤其是在江南一带，水域繁多，草木丰茂，青山绿水随处可见，当它无数次闯入人们的视野中时，人们的感觉为之兴奋，从而激起人们的欣赏和创作欲望，与之相应的山水画作和山水诗作涌现。于是人们开始追寻可以表达这种信号的艺术形式，而书画诗作成为他们传达对自然山水的亲切之感和愉悦之情的主要形式。从社会现实情况来看，战乱的频繁使得民不聊生，同时玄学的盛行让人抓住一种遁隐避世的救命稻草，人们自觉地走向自然山水，以寻求心灵的安顿之处，许多名士大家以自己的实际行动实践了这一点。此时人与山水有着直接的正面接触，人们开始将具有优美姿态的自然山水作为自己理想的隐匿之地。山之郁郁葱葱，水之澄澈净明，除了给人们提供了必要的生活物资之外，也成为人们涤荡尘埃、远离尘世喧嚣的好地方。

在此时期小说中所体现出的山水姿态，详见于笔记类小说中的客观记录。如张华《博物志》中的山水记录：

> 山　五岳：华、岱、恒、衡、嵩。按北太行山而北去，不知山所限极处。亦如东海不知所穷尽也。石者，金之根甲。石流精以生水，水生木，木含火。
>
> 水　汉北广元，中国人鲜有至北海者。汉使骠骑将军霍去病北伐单于，至瀚海而还，有北海明矣。

……四渎河出昆仑墟，江出岷山，济出王屋，淮出桐柏。八流亦出名山：渭出鸟鼠，汉出嶓冢，洛出熊耳，泾出少室，汝出燕泉，泗出培尾，沔出月台，沃出太山。水有五色，有浊有清。汝南有黄水，华山有黑水、泞水。渊或生明珠而岸不枯，山泽通气，以兴雷云，气触石，肤寸而合，不崇朝以雨。江河水赤，名日泣血。道路涉骸，于河以处也。①

这是对自然山水积极地认知和探索，尽管一些结论并不那么客观、精准，但与《山海经》中对山川风物的那些记载相比，这里的记录少了许多想象与夸张，整体风格要平实得多。在记录这些材料的过程中，创作者禁不住赞叹：地理广大，四海八方，遐远别域，略以难详。也就是说，创作者尽量记录他所能确定的地域信息，而对于他所到达不了的区域，则不再妄加猜测，从而避免了不真实的记录。

类书性质的笔记小说在这一时期也盛行起来。如《古今注》中对鱼虫草木有了较为科学的分类与定位。又如嵇含的《南方草木状》，上卷草类29种，中卷木类28种，下卷果类17种、竹类6种，总共记载了岭南地区植物80种，分类细致，内容赅备。

到了唐代，秀美的山水风物在文人的笔下得到了精彩的呈现。在客观的自然山水之上，开辟了"意境"这一广大

---

① 王根林、黄益元等校点《汉魏六朝笔记小说大观·博物志》，上海：上海古籍出版社，1999年版，第186—187页。

虚拟的空间,使得原本秀美清丽的山水之态蒙上一层空灵缥缈的面纱。文人们将主体情感与客体的山水界线打破了,使得主体、客体浑然一体,将主观情怀在不知不觉中融入客观山水的描写,最终使之成为一个整体。文人对自然山水的观照态度升华到"思与境谐"的境界。广袤的自然山水不再是纯粹的客观外在因素,不只是作为人的精神世界的延展,更是内化为人的心灵空间。唐五代的笔记小说延续了魏晋时期玄怪小说的山水的风貌,所记录的山水多为神仙道士所居之地,多非客观的自然环境,因而带有几分虚拟色彩。如唐代笔记《博异志》中的《阴隐客》:

> 神龙元年,房州竹山县阴隐客,家富。庄后穿井二年,已浚一千余尺而无水,隐客穿凿之志不辍。
>
> 二年外一月余,工人忽闻地中鸡犬鸟雀声。更凿数尺,傍通一石穴,工人乃入穴探之。初数十步无所见,但扪壁而傍行。俄转,有如日月之光,遂下。其穴下连一山峰,工人乃下山,正立而视,则别一天地日月世界,其山傍向万仞,千岩万壑,莫非灵景,石尽碧琉璃色。每岩壑中,皆有金银宫阙。有大树,身如竹有节,叶如芭蕉,又有紫花如盘。五色蛱蝶,翅大如扇,翔舞花间。五色鸟大如鹤,翱翔树杪。每岩中有清泉一眼,色如镜;白泉一眼,白如乳。工人渐下至宫阙所,欲入询问,行至阙前,见牌上署曰"天

桂山宫"，以银字书之。门两阁内，各有一人惊出，各长五尺余，童颜如玉，衣服轻细如白雾绿烟，绛唇皓齿，鬓发如青丝，首冠金冠而跣足，顾谓工人曰："汝胡为至此？"工人具陈本末。言未毕，门中有数十人出，云："怪有昏浊气。"令责守门者。二人惶惧而言曰："有外界工人，不意而到，询问次，所以未奏。"须臾，有绯衣一人传敕曰："敕门吏礼而遣之。"工人拜谢未毕，门人曰："汝已至此，何不求游览毕而返？"工人曰："向者未敢，傥赐从容，乞乘便言之。"门人遂通一玉简入，旋而玉简却出，门人执之。引工人行至清泉眼，令洗浴及浣衣服，又至白泉眼，令盥漱之。味如乳，甘美甚，连饮数掬，似醉而饱。遂为门人引下山，每至宫阙，只得于门外而不许入。如是经行半日，至山趾，有一国城，皆是金银珉玉为宫室，城楼以玉字题云"梯仙国"。工人询曰："此国何如？"门人曰："此皆诸仙初得仙者，关送此国，修行七十万日，然后得至诸天，或玉京、蓬莱、昆阆、姑射。"①

通过美妙山水的描绘，最终引出"天桂山宫"这一神仙洞府。对山水的描绘，在这些玄怪小说中的意义，是引出另一番天地。

人们坚信，在草木掩映的深山密林之处，隐藏着不为常

---

① (唐)郑还古、薛用弱撰，金文明选译《博异志·集异记》，杭州：浙江古籍出版社，1999年版，第28—30页。

人所知的美好境界。人们想象中的神奇仙境,为客观山水蒙上一层神秘色彩。凡涉及自然山水之处,必然引出与人间尘世不一般的境地。也就是说,山水描写,在魏晋至唐宋时期的小说中所承担的主要功能,是引出仙境,而不是对自然山水进行真正的鉴赏。

三、元至明清时期的小说——山水与小说叙事的自然嵌合

元代以降,小说艺术和表现手法日趋成熟。小说作品中所呈现的山水风物似乎更为客观具体,创作者们对山水的态度也趋于冷静。元明清小说作品中出现了较大篇幅的对山水的描绘,尽管故事的情节和人物的形象依然占据主流,但是在渲染环境、设置背景、塑造人物的过程中,创作者会有意或无意地运用到山水的塑造和描绘,因此创作者的绘画灵感和渲染天赋被激发出来。一些作品更是为了配合神魔类题材,彰显异域风情,不惜铺排笔墨,向世人展示一个超乎寻常的世界。这些并非只是单纯地为了炫耀其才而进行的文字游戏。山水已成为一种审美对象,深深地植根于创作者的思维中,不知不觉间将情节的发展和所要表现的人物的性格融在一起。

山水风物的描写是这一时期小说结构中的一个重要组成部分,但凡较为优秀的作品都不会忽略这一部分,如产生于明清时期的《西游记》《红楼梦》《镜花缘》《老残游记》等都

有令读者印象深刻的能够代表作品特色的环境背景。神魔题材也好，世情题材也罢，长篇通俗也好，短篇文言也罢，小说家们描绘山水的方式和手法似乎没有太大区别，但却标志着小说技法的一种进步。为了行文的需要，创作者会有意识地去虚拟一系列奇幻的景象，但不再显得那么刻意，小说山水中的意境与神韵随着故事情节的发展和人物视角的变幻自然而然地透射出来。显然这种表现手法超越了魏晋至唐宋时期刻意营造的山水审美，回归对山水风物的客观描绘。但这种回归较以前简单而粗略描述山水大不相同，这一时期的创作者已经将故事和人物放在作品的首位，他们不约而同地遵守着一个规则，那就是一切对环境的描写都是为故事和人物服务的。因而山水景色与作品的故事情节和人物气质紧密地结合在一起。如《水浒传》中的八百里水泊梁山，以及欲谋杀林冲的那片凶险的野猪林；又如《西游记》中的自由天地花果山。这些山水描写与小说人物或故事情节自然而然地融为一体而不可分割。

另外，元明清时期小说中的山水描写带有突出的作者主观情感。青山秀水往往有性情纯良之人，预示着情节的平缓发展，而恶境丛生之地常常出现不测之事，使人的心理情感为之大变。作者在不经意间的几段描述，往往透露着小说作品的许多内容。这在《西游记》《老残游记》《镜花缘》《聊斋志异》等作品中有充分的体现。

由上可以看出，元明清时期小说中的山水刻画并没有脱离之前的物态形貌,然而其文学功用大不相同。此时期文学作品中的山水,远非魏晋至唐宋时期山水的客观功能。自然山水自然而然地被嵌入文章,成为小说作品中的有机组成部分。

以上3个时期,小说作品中的山水风貌的表现各有不同:人们由开始的畏惧和不解逐渐开始接纳和欣赏,发展到将客观的山水转化为审美对象,对之进行客观的考究,最终表现出自然山水融于小说内容的叙事功能。

山水环境作为人类的第一自然而被纳入小说作品,紧随其后的第二自然——园林也开始走进了创作者的领域,在人们山水意识的影响下不断发挥叙事功能。自然山水在小说创作中的融入,为园林在世情小说中的成功塑造奠定了坚实的基础。

第二节　仙乡乐岛的追寻

自古以来,人们就有对理想胜地的幻想,这种幻想来自对外界自然环境的美好期望,而在现实环境中表现为人为参与的园林形式。"仙境"是中国先民集体意识中和谐富裕、平和安乐生活的象征,是中国人理想生活的一个缩影,以及隐蔽在人们心灵深处的一个美好梦想。反映在小说创作中,便是构建无数桃源仙境。在一系列小说中,仙境的位置是变化的,或在高山之巅,或隐于洞窟深穴之内,或位于海上之渚,到了后期便直接存在于人间。仙境无论在哪里,都是理想胜地的一个化身,皆为小说园林意象的根源所在。以下是对存在于小说作品中的理想胜地的概括。

一、高山之巅仙境生

在小说作品中,最早记载桃源仙境是由神话开始的,位于高山之上。神话中的仙境充满着神秘性,多处偏远之地,凡人很难寻见或到达,许多都位于高耸入云的山巅。

以昆仑山为例:昆仑山,又名昆仑丘、昆仑墟,在神话中被赋予了神奇的色彩。《竹书纪年》谓:(周穆王)"西征昆仑丘。"①《山海经·西次三经》谓："昆仑之丘,是实惟帝之下都。"②《大荒西经》谓："西海之南,流沙之滨,赤水之后,黑水之前,有大山,名曰昆仑之丘。"③有神(即"西王母")居于此山,可见昆仑山的象征意义和作用非同一般。《穆天子传》卷二说"戊午……天子(指周穆王)已饮而行,遂宿于昆仑之阿,赤水之阳","吉日辛酉,天子升于昆仑之丘,以观黄帝之宫","癸亥,天子具蠲齐牲全,以禋昆仑之丘"④,这就使得帝王与神之间产生了关系,并由此拉近了人与神之间的距离。至汉代,《史记》《尔雅》中皆记述了昆仑山。《淮南子》及《河图》等对昆仑山极力描绘,昆仑山的形象逐渐强大而清晰起来。到了魏晋南北朝,《博物志》《神异经》《拾遗记》《十洲记》等笔记小说,以及道书(如《洞真太霄隐书》等),对昆仑山有更详细的描绘,使得昆仑山形象变得瑰丽多姿,成为仙境美好的象征之一。如《神异经》中描绘了昆仑之高、地域之广:

> 昆仑之山有铜柱焉,其高入天,所谓天柱也。围三千里,周圆如削。下有回屋,方百丈,仙人九府

---

① 王国维著、黄永年校《古本竹书纪年辑校　今本竹书纪年疏证》,沈阳:辽宁教育出版社,1997年版,第13页。

② 马昌仪《古本山海经图说》,济南:山东画报出版社,2001年版,第118页。

③ 马昌仪《古本山海经图说》,济南:山东画报出版社,2001年版,第592页。

④ 王根林、黄益元等校点《汉魏六朝笔记小说大观·穆天子传》,上海:上海古籍出版社,1999年版,第11页。

治之。①

这里的山是直插云霄的,仙境无非就是一个高大壮阔的建筑群,这些建筑直接坐落在山顶,因其地处高远,能够有足够宽广的视角俯瞰人间,人们对高度的向往和对视野之外的空间充满着敬畏与幻想。

《拾遗记》中所记载的昆仑山绚丽多彩,神山仙境的景象浮现了出来:

> 昆仑山有昆陵之地,其高出日月之上。山有九层,每层相去万里。有云色,从下望之,如城阙之象。四面有风,群仙常驾龙乘鹤,游戏其间。……上有九层,第六层有五色玉树……②

作者不仅勾绘出清晰的结构轮廓,还对每个结构单元分别进行详述。另外附上"风""云""鹤"等意象,表现出仙境清逸缥缈之美感。这里的神树异草之颜色明丽炫美,为仙境增添不少灵光异彩。神话中的昆仑山较早地成为人们向往的仙境之一。

为何最初的仙境选在高山之上?这与当时人们对自然的崇拜有一定关系。对高山灵岳的崇拜起源于人们对自然

---

① 王根林、黄益元等校点《汉魏六朝笔记小说大观·穆天子传》,上海:上海古籍出版社,1999年版,第4页。

② (晋)王嘉撰,孟庆祥、商微姝译注《拾遗记译注》,哈尔滨:黑龙江人民出版社,1989年版,第268—269页。

的崇拜。这里的山,已不只是一种自然存在的客观物体,而成为凝聚着人们理想、承载着无数幻想的符号。山的高度成为一个不可缺少的重要条件,人们不由得形成了一种认识:凡是高山存在的地方必然有仙灵,而仙灵所处之地必须是高耸入云的。在这里,山之高已经不再是一个物理空间的特征,而是一种精神的崇拜和向往。人们总是对看不到的地方充满好奇和幻想,他们想通过这种高的形式来构建一个接通天地的渠道,于是高山便成了沟通人与神、天与地的枢纽。另外,山高之处人迹罕至,而且草木丰茂,正是人们躲避隐匿的理想场所。葛洪在《抱朴子·内篇》中说:

> 为道合药,及避乱隐居者,莫不入山。然不知入山法者,多遇祸害。……山无大小,皆有神灵,山大则神大,山小则神小也。①

山高之处,云气环绕、气候多变,奇特天象时而显现,加上当时科技知识落后,人们的认知有限,人们就充分发挥想象力,并且将想象投射在山水中,客观的山水充分浸染了主观的想象。人们相信仙家所居之处真实存在的,认为高山是灵气(或仙气)的聚集之地。这样一来,高山便成为桃源仙境的首选之地,在后来的小说作品中,很多仙境都以高山为依托。

---

① 王明《新编诸子集成·抱朴子内篇校释》(增订本),北京:中华书局,2018年版,第18页。

二、洞天石穴成福地

随着人们认知视野的开阔,桃源仙境由高山之巅向地面开始靠拢,位于山间的石窟洞穴成为人们寄托理想之地。高山构成了桃源仙境的空间高度,树木丛林是其自然的保护屏障。更为隐蔽和精华之处,就是洞、窟、穴之类的天然栖息地,被视为仙道的居所。

洞穴曾是早期人类的重要住所。远古时期的人类为了躲避自然与猛兽的侵害而选择了穴居。这些靠自然的造化而形成的洞穴是作为宇宙的一种原始象征而存在。如《淮南子》载:

> 洞同天地,浑沌为朴,未造而成物,谓之太一。同出于一,所为各异……稽古太初,人生于无,形于有。有形而制于物。能反其所生,若未有形,谓之真人。真人者,未始分于太一者也。[①]

这是道家特有的一种混沌宇宙思维模式,这也是人们对洞穴的一种原始情怀和依恋。"洞穴"为人们提供保护,人们将洞穴比作天地,希望能够连接人神,并孕育万物。正如一位研究者所说的那样:

---

① (汉)高诱《淮南子注》,上海:上海书店出版社,1986年版,第235页。

寻求重返与母体为一的存在状态，乃是道教宗教理想的本质。在道教中，这个"母体"就是"道"……道教的壶、葫芦、洞天、丹炉及其推重和寻觅的"宝地"，以及道教建筑……都是母体的象征符号，这些象征符号发挥作用的方式虽各有不同，但都是使人回归与道同体的路径。修道者研究天地之学，目的就是要把握天门地户开阖之机，以期飞升天门金阙，得道成仙。[1]

在实际的生活中，有许多于洞穴中修道的实践者。据《晋书》记载：(王嘉)"隐于东阳谷，凿崖穴居，弟子受业者数百人，亦皆穴处。石季龙之末弃其徒众，至长安潜隐于终南山，结庵庐而止。"[2]许迈"往来茅岭之洞室，放绝世务，以寻仙馆，朔望时节还家定省而已"[3]。他们以自己的实践经验来证实他们对洞穴文化的信仰，追求与天、地、神相合的理想境界。

本为天然的岩壁和山洞，经由修道者的人力修饰与雕琢，成为"洞天福地"，于是桃源仙境的原型出现了。"洞天"成为神仙世界的化身，因为它的隐蔽性和空间狭小的特征，

---

① 姜生《论道教的洞穴信仰》，《文史哲》，2003年第5期，第54—62页。

② (唐)房玄龄、褚遂良等撰《晋书》，北京：中华书局，1962年版，第2496—2497页。

③ (唐)房玄龄、褚遂良等撰《晋书》，北京：中华书局，1962年版，第2106—2107页。

更增加了它的神秘和保护色彩。"洞天"经由人的想象和附会,逐渐演变为神仙聚集的长乐之乡,清修时仙气缭绕,甚至能够发生时空的伸缩变化。洞穴是桃源仙境的主要构成部分,也是仙境的实质所在。小说中洞窟寻仙的故事迎合了古人对于"穴居"生活的记忆和原始的幻想。洞穴式仙境多出于魏晋时期的志怪小说中。如王嘉《拾遗记》载"洞庭山":

> 其山又有灵洞,入中常如有烛于前。中有异香芬馥,泉石明朗。采药石之人入中,如行十里,迥然天清霞耀,花芳柳暗,丹楼琼宇,宫观异常。乃见众女,霓裳冰颜,艳质与世人殊别。来邀采药之人,饮以琼浆金液,延入璇室,奏以箫管丝桐。①

又如《搜神后记》载"仙馆玉浆":

> 嵩高山北有大穴,莫测其深,百姓岁时游观。晋初,尝有一人误堕穴中。同辈冀其不死,投食于穴中。坠者得之,为寻穴而行。计可十余日,忽然见明。又有草屋,中有二人对坐围棋。局下有一杯白饮。坠者告以饥渴,棋者曰:"可饮此。"遂饮之,气力十倍。棋者曰:"汝欲停此否?"坠者不愿停。棋者曰:"从此西行,有天井,其中多蛟龙。但投身入井,自当出。

---

① (晋)王嘉撰,孟庆祥、商微姝译注《拾遗记译注》,哈尔滨:黑龙江人民出版社,1989年版,第287页。

若饿，取井中物食。"坠者如言，半年许，乃出蜀中。归洛下，问张华，华曰："此仙馆大夫，所饮者玉浆也，所食者，龙穴石髓也。"①

在这些作品中，高山中的洞穴有许多美好之物，宫殿、美食一应俱全，俨然是一个美好的世界。尽管这只是人们的一种想象，但这种想象能反映出人们对自身在宇宙间的地位和价值的肯定，表现了人们期望主宰命运、驾驭环境的豪情壮志。

三、海上之渚众仙聚

古人认为，在茫茫的水域之中也有众仙的聚集之所，这早在神话里就有所体现。如《列子·汤问》中对渤海之东水景之描绘：

> 渤海之东，不知几亿万里，有大壑焉。实惟无底之谷，其下无底，名曰归墟。八纮九野之水，天汉之流莫不注之，而无增无减焉。②

在人们无法丈量、无法想象的一个遥远的地方，有这样

① 王根林、黄益元等校点《汉魏六朝笔记小说大观·搜神后记》，上海：上海古籍出版社，1999年版，第442页。
② 么书仪选注《注音注解今释插图神话传说三百篇》，大连：大连出版社，1995.年版，第276页。

一个深而大的峡谷,水流源源不断。"无增无减"无非是说明一种天然而来的不可改变的状态。道家的思维源自对天地自然的体验,在很早的时候就认识到"水"的重要性,于是赋予其深远的象征意义:

> 上善若水,水利万物而不争。处众人之所恶,故几于道。居善地,心善渊,与善仁,言善信,政善治,事善能,动善时。夫唯不争,故无尤。①

水养育天地万物,却不与万物争利,因而如水般柔顺的品格最接近于"道"的本质。

> 天下莫柔弱于水,而攻坚强者莫之能胜,以其无以易之。②

柔顺似水,以柔克刚,这是"不争"的表现方式。水之所以攻克万物,是因为水有柔弱的特性,能够顺应一切,同样能够征服一切,因此没有什么事物能够超越它。因而"不争"似水,善利万物,是无为思想的精华所在。水源成为入仙求道的"生命之泉"。如《云笈七签》谈到"二十四治":

> 第一阳平治　治在蜀郡彭州九陇县。去成都一百八十里。道由罗江水两岐山口入,水路四十里。治道

---

① 陈鼓应《老子注释及评介》,北京:中华书局,1984年版,第89页。
② 陈鼓应《老子注释及评介》,北京:中华书局,1984年版,第350页。

东有龙门，拒守神水，二柏生其上。西南有大泉，决水归东……

第二鹿堂山治 ……山有松柏、五龙仙穴，能通船渡，持火入穴，三日不尽……

第四漓沅山治 治在彭州九陇县界，与鹿堂山治相连。其间八十里，去成都二百五十里。有果松神草，服之升仙……

第五葛瑰山治 治在彭州九陇县界，与漓沅山相连。去成都县二百三十里，去阳平治水口四十八里。昔贤于此得道。上有松栗山，高六百丈……

第六庚除治 ……山有二石室，三龙头，淮水绕之……

第七秦中治 主神仙在广汉郡德阳县东九里，去成都二百里。其山浮，昔韩众于其上得仙。前有大水，东有道径于汉洛……

第八真多治 山在怀安军金堂县，去成都一百五十里。山有芝草神药，得服之令人寿千岁。山高二百八十丈，前有池水，水中神鱼五头。①

这里的"治"，指宋代道教建筑，由汉代作为信徒居住地的静室发展而来：

---

① (宋)张君房纂辑，蒋力生等校注《云笈七签》，北京：华夏出版社，1996年版，第158—159页。

本是专门修行道术者设施的静室，不久也设于可称为圣界与俗界交接点的"治"，进而设于在家信徒之家，可以说这是与作为教团的道教成立及扩展互相呼应的现象。①

由静室而治，由穴居至洞天，有异曲同工之妙。

汉代之后作品中的桃源仙境，常有山泉和河流环绕。人们对于矗立于茫茫大海之中的岛屿总不免有一些超凡脱俗的幻想。置身于海岛的仙境渐渐占据了重要的地位，尤为流行的是十洲三岛的传说。正如葛兆光所说的：

> ……是中国古代关于地理的观念以及与地理有关的神话与传说。大约很早就有过十洲三岛的传说……似乎十洲三岛的故事在道教特别是盛行于江南的道教中格外流行，道教的神仙也常常可以放置在这些"洲"和"岛"中。②

《海内十洲记》所载的代表道家仙境之宗的十洲三岛，都是被茫茫大海所环绕的：祖洲在东海，瀛洲在东海，炎洲在南海，玄洲在北海，长洲在东海，元洲在北海，流洲在西海，生洲在东海，凤麟洲在西海，聚窟洲在西海，皆地处偏

---

① 参见吉川忠夫《静室考》，《日本学者研究中国史论著选译》（第7卷），转引自：赵益《三张"二十四治"与东晋南方道教"静室"之关系》，《东南文化》（哲学与人文科学），2001年第1期，第52—56页。

② 葛兆光《中国思想史》，上海：复旦大学出版社，2004年版，第360页。

远,距离岸边少则百里,多则数十万里。其中不乏神草异兽,奇幻之笔法与《山海经》所录风物几乎无异。

与之前的地理志和神话相比,这里多了几分世俗和人间的气息,表现在仙家所在的建筑上,如长洲有紫府宫。这里对宫室建筑的勾勒粗糙,内部的设置很少提及,但比起神话中所绘之仙境要显得具体一些,在荒蛮浩远的大环境背景下,多了几分人间的脉脉温情。

《海内十洲记》中对山广水大的描述,体现了汉代泱泱大国的审美情趣。汉代广袤的国土与蒸蒸日上的国势,使得他们形成了一种以大为美的审美风尚,处处体现了泱泱大国的气度与豪迈。

总之,人们对水的崇尚与敬畏成为其构建桃源仙境的心理基础,而水的存在为桃源仙境的意象提供了几分灵气与活力。水流的隔断作用,为桃源仙境提供了一种天然的保护屏障。

四、隐于人间的仙境

古代人们提出另一种仙境,不在高不可攀的山巅,也不在遥不可及的海之渚,而是就隐于现实的人间。人们将各种地形因素综合起来,杂糅成一个条件齐全、地势美好的人间乐园——仙境。

早在魏晋时期,人们已经把山河大地看成了一个完整的彼此连通的有机整体。诸大名山被组成不同的名山群，这些名山群之间有管道、脉理相通，原本不连属的名山被结成一种神秘的关系。那些幽深曲折的神秘洞穴，似乎潜藏着与人间完全不同的天地，神仙就在那些山和洞中，仙境不再是不可追寻的神秘之地了，而是开始在文人的畅想之中与人间彼此相邻，甚至就隐藏于人世间。如《幽明录》所录刘晨、阮肇入天台的故事：

> 汉明帝永平五年，剡县刘晨、阮肇共入天台山取谷皮，迷不得返。经十三日，粮食乏尽，饥馁殆死。遥望山上，有一桃树，大有子实；而绝岩邃涧，了无登路。攀援藤葛，乃得至上。各啖数枚，而饥止体充。复下山，持杯取水，欲盥漱。见芜菁叶从山腹流出，甚鲜新，复一杯流出，有胡麻饭糁。相谓曰："此知去人径不远。"便共没水，逆流二三里，得度山，出一大溪。溪边有二女子，姿质妙绝，见二人持杯出，便笑曰："刘阮二郎捉向所失流杯来。"晨、肇既不识之，缘二女便呼其姓，如似有旧，乃相见忻喜。问："来何晚邪？"因邀还家。其家筒瓦屋，南壁及东壁下各有一大床，皆施绛罗帐，帐角悬铃，金银交错。床头各有十侍婢，敕云："刘阮二郎，经涉山岨，向虽得琼实，犹尚虚弊，可速作食。"食胡麻饭、山羊脯、牛肉，甚甘美。食毕行酒，有一群女来，各持五三桃子，笑而

言："贺汝婿来。"酒酣作乐，刘阮忻怖交并。至暮令各就一帐宿，女往就之，言声清婉，令人忘忧。十日后，欲求还去，女云："君已来是，宿福所牵，何复欲还邪？"遂停半年。气候草木，常是春时，百鸟啼鸣，更怀悲思，求归甚苦。女曰："罪牵君当可如何？"遂呼前来女子，有三四十人，集会奏乐，共送刘阮，指示还路。既出，亲旧零落，邑屋改异，无复相识。问讯得七世孙，传闻上世入山，迷不得归。至晋太元八年，忽复去，不知何所。①

像这样进入仙境而不觉，不辨仙界人间的故事有许多。如《黄原》《河伯婿》《八月浮槎》等，都是以世间之凡人为主人公，到仙境造访一番，而自己浑然不觉。这样的仙境较为隐蔽，创作者往往对其中的景物着墨不多，却处处体现和突出其中的异常之处。往往在其间的生活恍如梦境，来不及让主人公回味，等到主人公回到原来的现实世界中才有所察觉，再寻觅时已是枉然。这反映了在早期道教的影响下，世人渴望成仙，也反映了早期方士为了扩大道教在民众中的影响力而做出的一番努力。

人间仙境虽在人间，但并非每个凡人都能进入，能进入者多是一些心诚向道或幸运之人，才有机会一睹仙境的景观。如《桃花源记》所说武陵人不经意间闯入桃花源的故

① 周啸天主编《古文鉴赏》，成都：四川辞书出版社，2019年版。第573—574页。

事。这里的风貌与人间并无太大差别,没有琼浆玉液,也没有神仙异人,只有可以世代耕种的良田和没有战乱的太平社会。这里的山谷、水源、洞穴一系列因素构成了常为世人称道、极为幻美的世外桃源。这说明仙境塑造达到了成熟的阶段。这一景象不再处于荒蛮的无人之境,也不再是细小神秘的山洞岩穴,而是与人间极为相似,充满了人间的气息。不同的是,这里没有战乱,没有俗世纷扰,一切归于宁静。

人间仙境还有一种形式,就是帝王贵族的宫殿苑囿。出于对人世间奢华生活的迷恋,对人生长乐的追求,帝王贵族不乏有对仙道充满幻想并积极实践的。如汉武帝好长生之术,常到名山大泽去祭奠,还建起了专门迎神的宫殿。

与此同时,在世间帝王的宫殿苑囿开始被大量记载,人间园林的雏形显现出来了。《西京杂记》记载了未央宫的巨丽之姿:

> 周回二十二里。九十五步五尺,街道周回七十里,台殿四十三,其三十二在外,其十一在后。宫池十三,山六、池一、山一亦在后宫,门闼凡九十五。武帝作昆明池。欲伐昆吾夷,教习水战,因而于上游戏养鱼。鱼给诸陵庙祭祀,余付长安市卖。①

----

① (汉)刘歆《西京杂记(外五种)·卷三》,上海:上海古籍出版社,2012年版,第80页。

另有关于乐游苑和太液池的详细记载。此时宫殿苑囿的奇树异草已成为修建园林的一个要素,对奇的追求源于对仙境不与世同的理想追寻。

除了帝王的园林,一些富足的臣子也倾力于园林的建造。如:

> 茂陵富人袁广汉,藏镪巨万,家僮八九百人。于北邙山下筑园。东西四里,南北五里,激流水注其内。构石为山,高十余丈。连延数里。养白鹦鹉、紫鸳鸯、牦牛、青兕,奇兽怪禽,委积其间。积沙为洲屿,激水为波潮,其中致江鸥海鹤,孕雏产鷇,延蔓林池。奇树异草,靡不具植。屋皆徘徊连属,重阁修廊,行之,移晷不能遍也。①

帝王贵族不惜耗费巨大的人力物力以修建现实生活中的人间乐园,人间园林的筑成标志着园林类作品的开端。人世间,人们就极力寻求一个理想的庇护所,使人们可以躲避人世间的病痛、灾祸。人间园林的筑成,与其说是建筑在人世间,不如说建筑在人们的内心中,把人们对世间的失意与恐惧给"屏蔽"了。

综上所述,古代作品中的"仙境"多被置于高山、海岛和洞穴等等之中,甚至杂糅于人世间。这些"仙境"的形成建

---

① (汉)刘歆撰《西京杂记(外五种)·卷三》,上海:上海古籍出版社,2012年版,第90页。

立在人们的原始情结和现实情感上，当中，道家的思维和想象对"仙境"的形成起到了决定性的作用。"仙境"，或以山为主，或以岛为据点，或以洞为居所，而山、岛、洞之类渐渐演化为我国古代园林建造的重要要素。如果说山水风物为人类的第一自然，园林则为第二自然；如果说"仙境"为人们对理想境地的幻想，人间园林则是这种幻想的现实物化。总之，我国古代园林的形成，可以说，源于早期人们对山水的热爱，对理想栖居之地的美妙幻想。

第三节 现实园林文化的影响效应

明代正德年间，社会各种奢靡之风泛滥，士人人格趋于多元化，从之前的循规蹈矩、温良恭俭走向了孤傲激愤，从最初的尊崇圣贤走向独自为尊。学说上从程朱理学走向彰显性灵的陆王心说。传统的思想使当时的人们失去了普遍的约束力，曾被压抑已久的人的欲望开始膨胀。社会上流行崇尚新奇、寻求刺激、纵情逸乐的风气。带着理想与现实的苦闷与彷徨，带着对纵欲与禁欲的徘徊与思索，带着对文雅与世俗的交融与转变，文人的生活态度与人生理想发生重大的改变，表现在文学作品中，便是在传统的题材空间范围内，开辟一片新天地来寄存心灵、体味人生。在追求自我人生的同时，园林艺术在明清时期发展到了鼎盛时期，文人贵族阶层开始在原本生活的基础上建房筑园，并且开始从细小的普通事物中来发掘生活中的乐趣。筑园、游园、赏园成为风尚，这种风气牵动着文学作品的创作。

一、小说创作者的园林实践

园林是文人雅士们的居住生活场所，同时是他们寄托梦想、追寻高雅之地。园林中的实践经验促使他们将对这一环境的情感付诸笔端。许多明清小说的创作者都与园林艺术有着很深的渊源，甚至其本人就是当时的造园家，如王世贞、李渔等。此时期的小说创作者普遍具备园林或绘画艺术的深厚造诣，具备亲自参与游园、赏园、造园的实践经历。小说的创作者们多属于文人官宦阶层，因而都或多或少地经历过世家大族的生活历程。园林是这些世家大族府院中的一部分，是创作者生活起居的必然之所，因而园林常常带有一种家庭伦理的象征色彩。世情小说作品中的园林生活之所以形象生动，是因为源于创作者的真实的生活体验。

明末清初的李渔作为当时著名的戏曲理论家和小说家，创作了多部优秀作品，代表作有50种曲和小说集《无声戏》《十二楼》等。同时，他是一位独具匠心的园林设计者，他的造园理论记录在《闲情偶寄·居室部》中，堪称园林理论不可多得的佳作。他自称生平有两大绝技：

> 一则辨审音乐，一则置造园亭……创造园亭，因地制宜，不拘成见，一榱一桷，必令出自己裁，使经其地、入其室者，如读湖上笠翁之书，虽乏高才，颇饶别致……①

他一生之中辗转迁徙了许多地方，每至一处都不忘兴

---

① (清)李渔著，郁娇校注《闲情偶寄》，南京：江苏凤凰文艺出版社，2019年版，第140—141页。

园造园。最初在家乡兰溪置下百亩伊山建造了伊山别业，之后移家金陵，卜居于秦淮河畔，营构芥子园，园内设有丘壑，有书室、栖云谷、月榭、歌台等。年过花甲的李渔还曾在风景秀丽的西湖边建造了一个园子，以便欣赏这里的美景。李渔将自己的园林创意与文学创作等同起来看：

> 常谓人之其居治宅，与读书作文同一致也。[①]

李渔的世情小说《十二楼》便是他用园林思维精心构筑的小说，处处透射着他对园林的喜爱，同时显露其对园林设计的创意。

长篇小说《红楼梦》的作者曹雪芹自幼置身于园林中。曹雪芹在《红楼梦》中再现了一个大观园，融南北园林技巧、风格为一体，其结构之精、景致之美令人赞叹，曹雪芹可以说是杰出的园林设计者。曹雪芹的祖父曾为康熙建造过西花园，曹家凭借雄厚的财力在多地购得园林。因而曹雪芹自幼就有置身于园林的经历，其品园的能力非同一般。当其举家移至北京之后，与敦敏、敦诚兄弟及明琳等贵族来往密切。曹雪芹常年生活于北京，既熟悉京师风情习俗，又兼晓南方风物与生活方式，写《红楼梦》时，把在北京所见的贵族王府私园以及他在南京作幕宾时所见的贵族私园与隋园景象在大观园中融合而成。

[①]（清）李渔著，郁娇校注《闲情偶寄》，南京：江苏凤凰文艺出版社，2019年版，第140页。"其"应作"葺"。

《儒林外史》作者吴敬梓的家族也有造园的历史传统。他的曾祖父曾在老家全椒建造了遗园、馗园、远园,吴敬梓从小便生活在遗园中,那是一座有探花宫、赐书楼等群体建筑,象征家族荣耀的大花园。中年吴敬梓移家南京,几度纵游于扬州、淮安等地,又以留扬最久,游览过后土祠、琼花台、壁天观等名胜及其他园林。他与盐商频繁来往,必然常至盐商营建的园林中,这为他在《儒林外史》中精细描述园林宅院提供了丰富的现实基础①。

二、明清时期的造园风尚

明代心学兴盛,文人开始注重自身的生活品质,多体现在对私家生活空间的装饰上。于是园林在文人的日常生活和社会交际中扮演了重要的角色。

在草木浓郁、富有诗情的江南,园林的数量猛烈增长。造园、兴园已经是士大夫生活的风尚,各地对园林的建造接近于狂热。明代后期,吴越之地城中及城郊遍布文人园林。祁彪佳《越中园亭记》对此作了详细的描述。这种风气甚至蔓延到北方一带。《万历野获编·京师园亭》记载了明代京师权贵的园林盛况。

在这个园林艺术繁盛的时代,社会上涌现出一批园林

①孟醒仁、孟凡经《吴敬梓评传》,郑州:中州古籍出版社,1987年版,第7页。

设计者,如计成、张垣父子等。这些人对园林艺术进行系统性的理论总结,提出了经典的园林理论,如专著《园冶》等。也有不少有关造园的理论散见于明清文人的著述之中。明代有王象晋的《群芳谱》、高镰的《遵生八笺》、袁宏道的《瓶史》等。清代有于奕正的《帝京景物略》、王世懋的《学圃杂疏》、祁彪佳的《寓山注》、陈淏子的《花镜》、李斗的《扬州画舫录》、钱泳的《履园丛话》等。

这些反映了明清文人生活艺术化、艺术生活化的生活美学意识。文人开始在真切的日常生活中营造一个优雅清净的艺术环境,包括庭院、台阁、居室、水石、草木、书画、古玩等,这些都是构成艺术境界的最佳载体,而它们又是园林艺术的组成要素,故而明清文人与园林生活结下不解之缘。他们始终浸润在园林艺术的审美氛围中,徜徉沉浸在满园春色的园林理论之中,形成了独特的园林审美思维和艺术创作思维。

三、游记小品文的文风效应

明代,尤其到明代后期,游记类散文与小品文日益兴盛,"小品"成为一类文体的名称。另有"园林小品"的说法,是对园林中的较为细小的摆设而言,从中显示出晚明文人对生活具体而微的审美观照。晚明的小品文是文人性情的真情流露,具有鲜明的生活情调和艺术感染力,表现出作为个体的人的强烈的个性追求和审美品位，不仅仅是萧散自如的诗情，更凝聚着隽永的人生体悟。

那个时代是心学盛行的时代。文人士子张扬而恣肆地追逐着现实生活中的感官享受，忘情地投入，一丘一壑，一亭一园，玩味不已。这是一个走向世俗的时代，其极端是世俗化。这些文人大多经历过社会的动荡和政治格局的变化，对于社会现实和人生有深刻的体验和认识，因而他们的作品往往富有社会意义，文学题材逐渐向现实靠拢，世情小说开始兴起。

世情小说中的园林所呈现出的绘画技法与小品文的笔法极为相似。晚明小品文一方面深受庄禅之风的熏染，艺术上追求空灵、幽静、淡雅、自然、清寂的审美情趣；另一方面受到当时社会文化的影响，表现出世俗、娱乐、浮华、纵情的市井习气。世情小说中的园林描写也具有这样的双重特征：对园林的静态展示时，往往是一幅如画似梦般的清幽景象；而对园林的动态展示时，呈现出如宴饮、游赏、娱乐等世俗的场景。至于在主题思想上，世情小说中的园林可以"大显身手"。如文人雷礼的《名园对》中提到的含春园，曾是京师著名的园林，在几十年中此园三易其主，暗合世事无常，寄托着深深的人生感慨。《金瓶梅》和《红楼梦》中的园林盛衰，寓意深刻，后面自有分析。

第二章　长篇世情小说园林风貌概述

园林作为一种常见的背景和场域设置类型,出现在明清世情小说中。笔者将明清世情小说中的园林分为皇家园林、寺庙园林、郊外园林、私家园林等类型。就明清世情小说而言,在一定意义上说,看人间百态,品世间百味,这与不同的园林形态所承担的不同叙事功能有关。

第一节 世情小说文体探源
——以话本小说为雏形

世情小说作为小说文体的一类并不是凭空产生的,而是经历了一番文体的演化和蜕变。话本的痕迹或多或少地存在于世情作品之中,尤其是明清时期的文人拟话本小说,本质上为短篇的世情小说。世情小说本来是以题材内容为参考来进行划分的,早期的命名者并未考虑到这一文体的形式。话本小说的命名则一半取自内容,一半取自形式。如果以形式来划分世情小说的话,可以分之为长篇世情小说和短篇世情小说。短篇世情小说如李渔的《十二楼》、金木散人的《鼓掌绝尘》等与归为话本小说的"三言""二拍"之间的区别并不明显。话本小说,无论从实际产生方面还是从被人为命名方面,都先于世情小说,所以话本小说为世情小说的雏形,可以根据以下几个方面来证实。

一、萌生于市井土壤

在谈话本小说之前,首先不能避开的是"话本"。"话本"历经千年,其本身所指的对象在历史中有所含混,并处于不断的变化中,许多研究者曾对"话本"一词进行释义,分别有"说话人底本""话柄旧事""故事"等不同指称。"话本"一词最早出现在南宋灌园耐得翁《都城纪胜》"瓦舍众伎"条中，第一个以研究者的身份提到话本的是鲁迅。"话本"具备的特点如下：首先，有技艺性；其次，有故事性并且虚实相间；最后，靠艺人完成。

话本小说脱胎于"话本"，经历了由最初的对伎艺演出故事的记录到最终成为典型的古代小说文体这一历史过程。从唐代敦煌话本至清代晚期《跻春台》，话本小说在雅俗流变的背景下发展、壮大，根据创造者和艺术特色，分为"艺人话本小说"和"文人话本小说"。"艺人话本小说"的主要创作者是民间艺人，文人参与的痕迹较少，作品集中于宋元时期，《清平山堂话本》大体可以代表宋元话本的原貌。"文人话本小说"的创作者主要是文人群体，时间主要集中于明清时期，"三言""二拍"等可称为文人话本的代表。文人话本小说沿袭了艺人话本小说的套路和艺术性，因而两者在形态上保持了一致。

话本小说是在广大的市民文化背景中产生的，属于市民文学的一种。唐宋之际，随着门阀制度的消失，地主阶级分化，大批没落的城市贵族与文人被置于士子阶层，他们游走于市井街巷之间，逐渐加入市民行列，最终造就了亦俗亦雅绚丽多彩的市民文化。到了北宋时期，市民文化达到了高峰，尤其是在都城汴京这样的繁华之地，城市居民的生活更是呈现出前所未有的热烈景象，作为当时娱乐主流的说唱艺术渐渐兴起了。

另外，创作群体的世俗化也是一个重要因素。胡应麟在《九流绪论》中说：

> 小说，唐人以前，纪述多虚，而藻绘可观。宋人以后，论次多实，而彩艳殊乏。盖唐以前出文人才士之手，而宋以后率俚儒野老之谈故也。①

"俚儒野老"是一个值得我们注意的群体趋向。职业艺人的知识化和失业的博学文人同下层艺人的结合，大大促进了"说话"艺术的发展。话本小说的兴起和发展，与市井繁荣、市民化的艺人、文人有直接关系。世情小说以广阔的笔触来表现芸芸众生，表现出浓郁的市井生活的世俗化倾向，它的刊刻与传播依赖市井这一土壤。

话本小说和世情小说，无论从产生的社会背景方面，还是从观赏者（或读者）的文化素养和审美方面，都是相似的。两者最初生成之地都是商贾云集的京都，它们在此积极地汲取着市民文化的养料，最终形成独立的小说体式。生成环境和发展背景的相似使得两者在艺术形态上有浓厚的"血缘关系"。一种文化现象的特点和性质，不仅决定于它产生于什么样的场所，而且决定于这种文化的创作者和接受者，与他们的社会地位、生活状况、文化素质、审美趣味等

① （明）胡应麟《少室山房笔丛》，北京：中华书局，1958年版，第34页。

密不可分。①话本小说与世情小说两者的土壤是共同的,两者萌生发展的形态和背景保持了较高的一致性,这是两者同源的根本性条件。

二、结构体制与叙事形式上的承袭

话本小说在结构上分为入话、头回、正话和篇尾4个部分.世情小说中的短篇作品具有类似的结构。有时候,可以说,话本小说就是短篇的世情小说。

先看入话。如李渔的《十二楼》中,每篇作品开头都有作者的评说和开场小故事,接下来才是真正要说的故事。多数研究者将入话和头回放在一起,认为两者难以区别。笔者采用胡士莹的观点,将两者区分开,把入话限定为作品开篇的诗词及围绕这些诗词所发的议论,可以看作是一部作品的开场。②入话成为固定格式大约在宋元时期,艺人们用其彰显才能、笼络观众,并对作品进行概括和提示。如《志诚张主管》以八句律诗开场,发出人生易老的感叹;《转运汉巧遇洞庭红》以《西江月》词进行开场,定下了"万事分已定,浮生空自忙"的宿命论调。头回是在入话之后、正话之前一个或数个小故事,与正文故事或相似或无关,它的主

---

① 周先慎《古典小说的思想与艺术》,北京:北京大学出版社,2011年版,第27页。

② 参见胡士莹《话本小说概论》,北京:商务印书馆,2011年版,第35页。

要作用是暖场和等待观众,因而有较大的随意性。在宋元时期的艺人话本小说之中,多数只有入话而无头回,要兼顾市民大众的欣赏水平故而入话极为简易。如程毅中的《宋元小说家话本集》中共收集15篇宋元话本作品。在每个故事开始时都有诗词作为引导,除了一篇《洛阳三怪记》在入话诗后捎带了一句创作原因之外,其余十四篇均是在入话诗一完便直接进入故事叙说,中间并无解释议论之类的文字作为过渡。明清时期文人开始参与话本小说创作,入话的文学性和艺术性有了很大提升。如《碾玉观音》的开篇入话诗一共引了11首,皆出自王安石、苏轼、朱敦儒等文人名家。入话这一形式在文人的手中得到了完善。回头再看世情小说,多数作品都有开场诗,类似话本小说的"入话",如长篇世情小说《金瓶梅》开篇由一段总领的诗引出:

> 豪华去后行人绝,箫筝不响歌喉咽。
>
> 雄剑无威光彩沉,宝琴零落金星灭。
>
> 玉阶寂寞坠秋露,月照当时歌舞处。
>
> 当时歌舞人不回,化为今日西陵灰。

该诗本为唐代女诗人程长文所作。程长文因丈夫离家求取功名,有歹徒强暴不成而遭诬陷下狱,她在狱中日夜写诗鸣冤,终被昭雪出狱。《金瓶梅》的作者在表述完诗歌之后,才进行叙述,甚至在每一回的最后有总结和评判性的语言。

再看话本的"头回"和世情小说正文前的小故事。两者在讲述正文之前都会有一个与正文相关的小故事，多数情况下是一个故事，也有多个故事出现的情况，目的是引出正文的内容。这种叙事方式被杨义称之为"葫芦格"式，以传统的比兴的方式由浅入深，引领观众步步深入，将题旨深邃化。世情小说中的正文前的故事多是与正文内容相关的，而一些话本的头回故事与正话不完全符合，甚至与正话有背离的情况，这就造成了一定的错位。头回以不同的时空、不同的人物形态、不同的叙事情调的错综，含着异常丰富的信息量，给人以自由联想的开阔天地。这种错位也许乍看给人稚拙生硬之感，但人的形象力和联想力并不都是在艺术的自然之处触发的，稚拙生硬的外观有时能给想象力和联想力的勃发提供更有效的触媒。①

由上可知，初期的世情小说在体制和形式方面很大程度地沿袭了话本小说的模式，通过这一古老体制来吸引观众和讲述作品。但是这种沿袭是较为简单粗糙的，随着世情小说叙事手法的发展，这种古老的体制模式逐渐消失。

三、真实化的叙事图景的延续

话本小说与市井文化有着密切关系，所描述的图景多

---

① 杨义《中国古典小说史论》，北京：中国社会科学出版社，1995年版，第230页。

为市民生活的场景，是社会生活的真实再现。正如陈汝衡《说书史话》中载：

> 演说这书，专靠灵活运用市井方言和细致深入地描摹小市民生活。书中最精彩最热闹的节目，就有皮五办年货、娶亲、八蛮聚赌等，真是听了以后，一定要笑口常开。[①]

话本小说的叙事独具时代性和地域性的特点，时间多与叙事者叙事时间相当或相近，地点多为都城之中，这样就形象地展现了特定时代、特定环境中的都市社会风习和市井生活状貌，它们在一定程度上体现了话本小说的拟实和仿真的审美趣尚。话本小说时代的人们渴望听到发生在自己身边的"真实"故事，喜欢听离奇曲折的故事，话本叙述者为了满足和迎合听众的心理诉求，将不同时空的故事集中起来，以崎岖突变的叙述方式加以表达，以达到契合听众心理的理想效果，这种表达方式无疑具有民族本土性。此外，话本小说还特别注重对市井节日民俗的描写和渲染。这样做的目的，自然主要是唤起观众的亲切感和认同感，强化话本小说的现场接受效果，以便产生较大的商业效应。

这里有欢度佳节的热闹欢愉：

> 鳌山架起，满地华灯。笙箫社火，罗鼓喧天。禁

---

① 转引自：董国炎《明清小说思潮》，太原：山西人民出版社，2004年版，第506页。

门不闭，内外往来。人人都到五凤楼前，端门之下，插金花，赏御酒，国家与民同乐。①

也有战乱之时夫妻离别的悲苦：

夫妻各背了一个，随着众百姓晓夜奔走，行至虞城，只听得背后喊声振天，只道鞑虏追来，却原来是南朝杀败的溃兵……但闻四野号哭之声，回头不见了崔氏。乱军中无处寻觅，只得前行。②

有寻常百姓的求佛祈祷：

宋敦夫妻二口，困难于得子，各处烧香祈嗣，做成黄布祇、黄布袋，装裹佛马楮钱之类。烧过香后，悬挂于家中佛堂之内，甚是志诚。③

也有市井间的求签问卦：

当日挂了招儿，只见一个人走将进来……那人和金剑先生相揖罢，说了年月日时，铺下卦子。④

————————

①(明)洪楩《清平山堂话本·戒指儿记》，长沙：岳麓书社，2019年版，第141—142页。

②(明)冯梦龙《警世通言·范鳅儿双镜重圆》，长沙：岳麓书社，2019年版，第104页。

③(明)冯梦龙《警世通言·宋小官团圆破毡笠》，长沙：岳麓书社，2019年版，第202-203页。

④(明)冯梦龙《警世通言·三现身包龙图断冤》，长沙：岳麓书社，2019年版，第111页。

写了卖卦先生为孙押司卜卦的场景。

这些仿照真实生活的场景交织，汇成市民生活的生动画卷，记载了人们的欢愉、苦难、信仰和期望。特别是明代后期的文人话本，越来越集中于反映现实生活的男女恋情和世情这两类题材，如凌蒙初"二拍"以"耳目之内，日用起居"为主要题材，叙事图景更为真实化和生活化。

世情小说继承了话本小说表现现实的特性，并在此基础上进行了场景的细化，反映百姓的日常生活，其内容之广、触角之细，可谓到了极致。《金瓶梅》《醒世姻缘传》《红楼梦》中生活化的场景皆具有逼真的艺术效果，尤其是在节日聚会、宴饮娱乐情景之时，人物形态、场面背景都是当时社会生活的真实再现。

四、叙事方式的雷同

强大的叙事性是讲述类作品的一个重要特征。世情小说的叙事借鉴了话本小说的叙事方式和语气，注重叙述者与读者或看官的相互交流，叙述者的视角多是全知全能的。在文本中，往往会保留一些"说话时"叙述者与听众之间对话的痕迹。在正话中，叙述者对故事的叙述也是始终在与观众交流的背景中展开的。其叙述的基本用语"却说……""话说……""且说……""再说……""且听在下说……"等都是始终指向观众而说的，并由此建构起中国话本小说特有的叙述交际套语和程式。在故事的中间将听众的疑问穿插进去,通过听众的提问与讲述者的回答将事情的来龙去脉解释清楚。世情小说中经常穿插这样的叙事语气。如《金瓶梅》介绍李瓶儿出场时,所用的词为:

> 看官听说:原来花子虚浑家姓李,因正月十五所生,那日人家送了一对鱼瓶儿来,就小字唤做瓶姐。①

显然是叙述者在模拟艺人讲说的语气。

再如《林兰香》开篇揭示主旨后,对故事开始了叙述:"记得大明洪熙元年,嗣君仁厚,百度维新。"明显带有讲述者的痕迹。②

综上所述,话本和世情小说都属于市民化的产物,是同源而异态的两种文学体式。话本从宋代成熟之后一直在民间底层盛行,直到明代以文人案头话本形式存在,印证了世人对此种形式文体的喜爱,然而到清代,随着长篇章回小说兴盛,话本的光芒变得暗淡起来。尽管如此,话本的影响力并未消失殆尽,世情小说就是在话本影响下的产物。总的来看,世情小说占据了明清小说的巅峰,有赖于话本的助力。

---

① (明)兰陵笑笑生《金瓶梅》,呼和浩特:内蒙古人民出版社,2005年版,第53页。
② (清)随缘下士《林兰香》,北京:中国文联出版公司,1998年版,第1页。

第二节　长篇世情小说园林风貌览胜

　　对外部空间环境的重视是古代小说自身发展的要求，也是世情小说成熟的标志。由于世情小说受到其内容所限，小说背景环境多围绕人们的日常居所、寺院庙宇和私家花园等展开，我们可以从广义的角度将这些处所定义为园林，而不单单只讨论传统的私家园林。小说中所营造的空间往往是人们日常休闲娱乐、愉悦身心之所，具有丰富的文化意蕴和寓意象征，是人们感性层面的一种展现。随着世情小说技法的不断进步，园林意象逐渐地成为世情小说的一种标准。

　　自唐传奇开始，唐人浪漫的气质与诗情画意的语言融合在一起，世间园林的形象逐渐开始崭露头角。这里的园林描绘不再是无穷无尽地铺排，而是与情节的发展开始连接。最为明显的是园林之美与唐传奇文体之美融在一起，共同形成了瑰丽绵邈的美学风格。

　　如《游仙窟》中五嫂提议游园以散情释怀：

　　　　其时园内：新果万林，含春吐绿，丛花四照，散蕊翻红。激石鸣泉，流岩凿磴；无冬无夏，娇莺乱于锦枝，非古非今，花鲂跃于银池；婵娜蓊茸，清冷飂飔；鹅鸭分飞，芙蓉间出；大竹小竹，夸渭南之千亩，花含花开，笑河阳之一县；青青岸柳，丝条拂于武昌，赫赫山杨，箭干稠于董泽。①

此文以骈俪的句式、铺排的辞藻，向世人展现坐落于人间的真实园林景色。并通过树上落下的李子与蜂的穿插来生发情节。

又如《莺莺传》中写寺中莺莺居住处的一景：

> 崔之东有杏花一株，攀援可逾。既望之夕，张因梯其树而逾焉。达于西厢，则户半开矣。②

寥寥几笔就描绘出住处之优美，同时使人联想到莺莺形象的清丽。

再如《李娃传》中写崔尚书宅：

> 娃引生拜之。既见，遂偕入西戟门偏院。中有山亭，竹树葱蒨，池榭幽绝。③

此三处园林皆作为一个"功能意象"而存在的，男女主人公相聚于此，情生于此。由此可见，早在唐传奇时作品中

---

① (唐)张文成《游仙窟》，上海：山海书店出版社，1929年版，第49-50页。
② 国学经典文库编委会《西厢记 牡丹亭》，成都：四川美术出版社，2018年版，第100页。
③ 徐中玉《中国古典文学精品普及读本：民间文学》，广州：广东文学出版社，2019年版，第163页。

的园林就形成了这样一个固定的功能模式，一直延续到明清的世情小说中，尤其是在才子佳人小说中更是一种男女相遇的主要模式。

宋代话本等作品，由于其讲述和传播方式的口头性和娱乐性，故而缺少对小说环境的细致描绘，尤其是缺少对浪漫诗意的园林的关注。无论是创作者还是接受者，都把精力放在人物和情节的离合曲折之上，因而对园林环境的渲染程度较之前后两个朝代都有所减弱。但仍有少数佳作，如《李师师外传》：

> 时迪已辞退，姥乃引帝至一小轩，棐几临窗，缥缃数帙。窗外新篁，参差弄影。①

此为李师师初次与宋徽宗相遇的场景，环境清幽，诗意盎然。

到了明初，程朱理学得到大力推崇，风雅类艺术作品几乎销声匿迹，直到成化末年，社会环境发生了巨大的改变，一系列作品打破了之前沉寂的局面，才子佳人类题材的作品陡然间登上历史的舞台。如《钟情丽集》《怀春雅集》《龙会兰池录》《寻芳雅集》等，这些作品都是以才子佳人的爱情故事作为题材来构建故事的。其中，花园成为人物相遇、相恋的重要场地。

---

① 齐豫生、夏于全《中华文学名著百部 第55部 古典小说篇》，乌鲁木齐：新疆青少年出版社，2000年版，第258页。

清初，朝廷禁止出版纵情纵欲类型的小说。康熙五十三年（1714）颁布：凡场肆市卖一应小说淫词，在内交与人旗都统、都察院、顺天府、在外交与督抚，转行所属文武官弁，严查禁绝、将板与书，一并尽行销毁。《金瓶梅》一类的作品被认为是坏书。在这种情势下，小说创作向情礼方向转型，这是一个相对漫长的过程，出现了最初的"才子佳人小说"这样一类以理学教条作为创作理念来框定。才子佳人小说创作的理性多于激情，人物形象与现实隔了一层，其中所追求的园林也是千篇一律的，虽有着诗情画意、世外仙源的外表，却缺乏艺术的灵动而难以进入读者的心灵。但是有一点可以肯定的是：园林的道具功能增强，园林与情感正式地联结在一起，这成为后来小说创作的一种模式。

明清世情小说延续了以上作品的风格和内蕴，园林的形态表现得更为细化和完整。下面介绍当时作品中的几种园林形态。

一、《金瓶梅》中的园林形貌

殿宇嵯峨，宫墙高耸。正面前起着一座墙门八字，一带都粉赭色红泥；进里边列着三条甬道川纹，四方都砌水痕白石。正殿上金碧辉煌，两廊下檐阿峻峭。三清圣祖庄严宝相列中央，太上老君背倚青牛居后殿。

进入第二重殿后，转过一重侧门，却是吴道官的道院。进的门来，两下都是些瑶草琪花，苍松翠竹。

两边门楹上贴着一副对联道：洞府无穷岁月　壶天别有乾坤。

"玉皇庙"，见《金瓶梅》第一回"西门庆热结十弟兄　武二郎冷遇亲哥嫂"。时间：九月初三。事件情节：十兄弟结义并在谈话中引出武松打虎事件。参与人物：西门庆、应伯爵、谢希大、花子虚、孙天化、祝念实、云理守、吴典恩、常峙节、白赉光等。

西门庆娶妇人到家，收拾花园内楼下三间与他做房。一个独独小角门儿进去，院内设放花草盆景。白日间人迹罕到，极是一个幽僻去处。一边是外房，一边是卧房。西门庆旋用十六两银子买了一张黑漆欢门描金床，大红罗圈金帐幔，宝象花拣妆，桌椅锦机，摆设齐整。

"西门府花园"，见《金瓶梅》第九回"西门庆偷娶潘金莲　武都头误打李皂隶"。事件情节：西门庆将潘金莲娶到家中，并将其安置于后花园。参与人物：西门庆、潘金莲、春梅、玉箫等。

香焚宝鼎，花插金瓶。器列象州之古玩，帘开合浦之明珠。水晶盘内，高堆火枣交梨；碧玉杯中，满泛琼浆玉液。烹龙肝，炮凤腑，果然下箸了万钱；黑熊掌，紫驼蹄，酒后献来香满座。碾破凤团，白玉瓯中分白浪；斟来琼液，紫金壶内喷清香。毕竟压赛孟尝君，只此敢欺石崇富。

"后花园芙蓉厅"，见《金瓶梅》第十回"义士充配孟州道 妻妾玩赏芙蓉亭"。事件情节：西门庆合家欢喜饮酒。参与人物：西门庆与众妻妾。

到第二日，西门庆正生日。有周守备、夏提刑、张团练、吴大舅许多官客饮酒，拿轿子接了李桂姐并两个唱的，唱了一日。李娇儿见他侄女儿来，引着拜见月娘众人，在上房里坐吃茶。请潘金莲见，连使丫头请了两遍，金莲不出来，只说心中不好。到晚夕，桂姐临家去，拜辞月娘。月娘与他一件云绢比甲儿、汗巾花翠之类，同李娇儿送出门首。桂姐又亲自到金莲花园角门首："好歹见见五娘。"那金莲听见他来，使春梅把角门关得铁桶相似，说道："娘分付，我不敢开。"这花娘遂羞讪满面而回，不题。

"金莲花园"，见《金瓶梅》第十二回"潘金莲私仆受辱 刘理星魇胜求财"。事件情节：李桂姐到潘金莲住处拜访她而遭拒。参与人物：李桂姐、潘金莲、春梅。

与花子虚家一墙之隔，从花园处能攀入其家。

"西门府花园"，见《金瓶梅》第十三回"李瓶姐墙头密约迎春儿隙底私窥"。事件情节：私会。

> 西门庆道："且待二月间兴工，连你这边一所通身打开，与那边花园取齐。前边起盖个山子卷棚，花园耍子。后边还盖三间玩花楼。"

"拟建花园"，见《金瓶梅》第十六回"西门庆择吉佳期应伯爵追欢喜庆"。事件情节：西门庆依靠李瓶儿将花子虚房产纳为己有。参与人物：西门庆、李瓶儿。

> 正面丈五高，周围二十板。当先一座门楼，四下几间台榭。假山真水，翠竹苍松。高而不尖谓之台，巍而不峻谓之榭。四时赏玩，各有风光：春赏燕游堂，桃李争妍；夏赏临溪馆，荷莲斗彩；秋赏叠翠楼，黄菊舒金；冬赏藏春阁，白梅横玉。更有那娇花笼浅径，芳树压雕栏，弄风杨柳纵蛾眉，带雨海棠陪嫩脸。燕游堂前，灯光花似开不开；藏春阁后，白银杏半放不放。湖山侧才绽金钱，宝槛边初生石笋。翩翩紫燕穿帘幕，呖呖黄莺度翠阴。也有那月窗雪洞，也有那水阁风亭。木香棚与荼蘼架相连，千叶桃与三春柳作对。松墙竹径，曲水方池，映阶蕉棕，向日葵榴。游渔藻内惊人，粉蝶花间对舞。正是：芍药展开菩萨面，荔枝擎出鬼王头。

当下吴月娘领着众妇人，或携手游芳径之中，或斗草坐香茵之上。一个临轩对景，戏将红豆掷金鳞；一个伏槛观花，笑把罗纨惊粉蝶。月娘于是走在一个最高亭子上，名唤卧云亭，和孟玉楼、李娇儿下棋。潘金莲和西门大姐、孙雪娥都在玩花楼望下观看。见楼前牡丹花畔，芍药圃、海棠轩、蔷薇架、木香棚，又有耐寒君子竹、欺雪大夫松。端的四时有不谢之花，八节有长春之景。观之不足，看之有余。

"新花园"，见《金瓶梅》第十九回"草里蛇逻打蒋竹山李瓶儿情感西门庆"。事件情节：西门庆开了新花园门游赏。

西门庆把眼观看帘前那雪，如抟绵扯絮，乱舞梨花，下的大了。端的好雪。但见：初如柳絮，渐似鹅毛。唰唰似数蟹行沙上，纷纷如乱琼堆砌间。但行动衣沾六出，只顷刻拂满蜂鬓。衬瑶台，似玉龙翻甲绕空舞；飘粉额，如白鹤羽毛连地落。正是：冻合玉楼寒起粟，光摇银海烛生花。

"西门府花园赏雪"，见《金瓶梅》第二十一回"吴月娘扫雪烹茶 应伯爵替花邀酒"。事件情节：吴月娘扫雪烹茶与众人吃。参与人物：西门庆与众妻妾。

吴月娘花园中，扎了一架秋千。

"吴月娘花园",见《金瓶梅》第二十五回"吴月娘春昼秋千 来旺儿醉中谤仙。时间:清明将至。

这西门庆近来遇见天热,不曾出门,在家撒发披襟避暑。在花园中翡翠轩卷棚内,看着小厮每打水浇花草。只见翡翠轩正面栽着一盆瑞香花,开得甚是烂漫。

"西门府花园卷棚",见《金瓶梅》第二十七回"李瓶儿私语翡翠轩 潘金莲醉闹葡萄架"。

藏春坞雪洞

"西门府花园赏雪",见《金瓶梅》第二十八回"陈敬济徼幸得金莲 西门庆糊涂打铁棍"。事件情节:潘金莲失鞋,春梅、秋菊至花园中找鞋。

二、《醒世姻缘传》中的园林形貌

一日,正是十一月初六冬至的日子,却好下起雪来。晁大舍叫厨子整了三四桌酒,在留春阁下生了地炉,铺设齐整,请那一班富豪赏雪。

"留春阁",见《醒世姻缘传》第一回"晁大舍围场射猎 狐仙姑被箭伤生"。事件情节:商议去雍山打猎。参与人物:这伙人说的无非是些坚盗诈伪之言,露的无非是些猖狂恣纵之态,脱不了都是些没家教、新发户混账郎君。

西边进去,一个花园,园北边朝南一座楼,就叫是迎晖阁。园内也还有团瓢亭榭,尽一个宽阔去处。只是俗人安置不来,摆设的象了东乡浑帐骨董铺。

"晁家花园",见《醒世姻缘传》第四回"童山人胁肩谄笑 施珍哥纵欲崩胎"。事件情节:珍哥因报应生病,晁源请郎中为之诊治。参与人物:晁源、童山人。

跑突泉西边一所花园前

"花园",见《醒世姻缘传》第三十七回"连春元论文择婿 孙兰姬爱俊招郎"。事件情节:狄希陈走在泉西边一所花园前小解。参与人物:狄希陈、孙兰姬。

乡宦花园

"花园",见《醒世姻缘传》第四十七回"因诈钱牛栏认犊 为剪恶犀烛降魔"。事件情节:昏官在花园中草草断案。参与人物:祖刑厅、晁梁。

三、《林兰香》中的园林形貌

单说林云屏、宣爱娘见天又落雪,令侍女罩上布伞，两个人携手并肩，在各处亭台上走了一回。那莲花瓣儿纵纵横横不知印了多少，仍旧回到后边卧楼，令枝儿卷起帘幕，又令随爱娘的侍女喜儿关上楼梯门，清清静静坐在上面看雪。是时炉添兽炭，杯酌龙团，一缕缕轻烟断续，一片片细叶甘自，两人一面品茶，一面清谈。

"林府花园"，见《醒世姻缘传》第四回。事件情节：林云屏与宣爱娘雪中交谈。参与人物：林云屏、宣爱娘。

只见这座坟院，墙分八字，门列三楹。一带土山，千株白杨瑟瑟。两湾秋水，万条绿藻沉沉。露润野花香，风吹黄土气。

"燕家坟园"，见《醒世姻缘传》第七回。事件情节：众人于祭扫的路上聚集在一起。参与人物：耿朗、燕梦卿、宣爱娘等。

西厢后有揽秀轩三间，穿廊一带，看山小楼一座，北与西一所相通。西一所内有卧游轩、目耕楼、蕉鹿庵、百花台、如斯亭诸胜，又与正楼的西配楼相通。东厢后有晓翠亭、午梦亭、晚香亭三座，花木繁多。……

"耿府花园"，见《醒世姻缘传》第十五回。事件情节：夫妻同归耿府。

> 进一小门，过了几折曲径，一带竹林，到一小轩。虽不甚大，却极敞爽。中设长木几上一条，两旁各设长榻一座。北窗下大床一支，凉席凉枕，无一不备，知是公明达卧游之所。长案上设大砚一方，大水盛一枚，古樽一具。坐榻旁建兰两大盆，竹帘四垂。郑文到此，真身入清凉世界，而心亦清凉矣。

"耿府花园"，见《醒世姻缘传》第二十四回。

> 那正楼就是林夫人的住房，东西有配楼，暖阁凉台，俱在其内。楼前梧桐树两棵，有五六尺粗，四五丈高⋯⋯⋯

"楼"，见《醒世姻缘传》第六十二回。事件情节：耿府的仆妇讲述五房妻妾的院落景致。参与人物：林云屏、燕梦卿、宣爱娘、任香儿、平彩云等人的后人、耿府仆妇。

四、《红楼梦》中的园林形貌

参照王慧《大观园研究》（中国社会科学出版社，2008年版）一书中列表，这里不再列出。

五、《歧路灯》中的园林形貌

碧草轩

"碧草轩",见《歧路灯》第一回。事件情节:碧草轩中梦到谭绍闻从书上坠落。参与人物:谭孝移。

> 细雨洒砌,清风纳窗,粉节绿柯,修竹千竿添静气。虬枝铁干,苍松一株增幽情。棕榈倒垂,润生诸葛清暑扇。芭蕉斜展,湿尽羊欣待书裙。钱晕阶下苔痕,珠盛池中荷盖。说不尽精舍清趣,绘不来记室闲情。

"碧草轩",见《歧路灯》第五十七回。事件情节:碧草轩雨中美景。

> 庚伏初届,未月正中。蝉吟繁树之间,蚁斗反径之上。垂绠而汲,放一桶更提一桶;盈科而进,满一畦再递一畦。驼背老妪,半文钱,得葱韭,更指黄瓜两条。重髫小厮,一瓢饮,啖香杏,还羡蜜桃一个。小土地庙前,只有一只睡犬。大核桃树下,曾无半个飞蝇。

"南园",见《歧路灯》第八十五回。事件情节:谭绍闻去请仆人王忠。参与人物：谭绍闻、王忠。

六、《蜃楼志》中的园林风貌

原来老温人品虽然村俗，园亭却还雅驯。这折桂轩三间，正中放着一张紫檀雕几、一张六角小桌、六把六角靠椅、六把六角马机，两边靠椅各安着一张花梨木的榻床，洋锐炕单，洋藤炕席，龙须草的炕垫、炕枕，槟榔木炕几，一边放着一口翠玉小罄，一边放着一口自鸣钟。东边上首挂着"望洋惊叹"的横披，西边上首挂着吴刚斫桂的单条。三面都是长窗，正面是嵌玻璃的，两旁是雨过天晴蝉翼纱糊就的。窗外低低的一带鬼子墙，墙外疏疏的一二十株丹桂。

"温家花园"，见《蜃楼志》第三回。事件情节：苏吉士到温家拜访。

踱进墙门。过了三间大敞厅，便是正厅，东西两座花厅，都是锦绣装成，十分华丽；一切铺垫，系家人任福经手，俱照城中旧宅的式样。上面挂着一个"幽人贞吉"的泳金匾额，是抚粤使者屈强名款。

右边一匾，是申广粮题的"此中人语"四字；左边一匾，是广州府木公送的"隐者居"三字。正中一副对联是："德可传家，真布帛菽粟之味；人非避世，胜陶朱猗顿之流。"

款书："吴门李国栋"。其余谀颂的颇多，不消赘述。

进去便是女厅、楼厅，再后面便是上房，一并九间。

"苏家花园"，见《蜃楼志》第四回。事件情节：苏吉士归家，发现新宅已盖好，定于八月十八日移居新宅。参与人物：谭孝移。

（笑官）立起来闲眺，因见后门开着，想道："老乌说有甚园子，不知是个什么模样的？"出得门来，但见树木参差，韭畦菜垄，却无甚亭台。沿着一条砖路，迤逦前行，远远望见有几树残梅，旁边有几间高阁，因走至那边。那房子里头也摆着几张桌椅榻床，上边挂着"止渴处"三字的匾额，阁上供着一尊白衣观音，却极幽静。

"乌家花园"，见《蜃楼志》第七回。事件情节：笑官到乌家来拜访，无意中闯入花园。参与人物：笑官、乌小乔。

七、《金云翘传》中的园林风貌

怪石嵯峨，古松森秀，奇花烂漫，瑶草芳菲。牡丹亭紧对蔷薇架，金线柳低挂碧桃花。流觞曲水，不减兰亭；修竹茂林，尽堪修禊。中厅三间，名曰抱青；后楼一座，扁名来凤。轩后假山，势若插天；厅前怪石，形如卧虎。

"王氏花园"，见《金云翘传》第二回。事件情节：金重因思念二翠，于王氏宅后，觅园一所。参与人物：金重。

翠翘道："妾治一樽，欲与郎君作竟日谈。恨墙高人隔，咫尺一天，如之奈何？"金生大喜道："芳卿有此美意，何不逾墙而过？书室无人，尽堪浃洽。"翠翘道："不可，彼此只有一梯，立足攀援，万一有失奈何？我闻此园本是一家，后以假山隔绝，分为二宅。我想幽僻疏略处，定有相通之隙，我与郎君入洞中细察一番，或可穿凿，强似越险多多矣。"金生道："言之有理，我们就下去寻。"寻到一处，微有小孔，透些亮光，彼此看得见。只有碎石几块，叠断下露。二人因大喜道："蓝桥不远矣。"

"园"，见《金云翘传》第三回。事件情节：翠翘与金重相

　　四时有不绝之花,八节有长春之景。有四言古诗
为证。诗曰:荡荡夷夷,物则由之。蠢蠢庶类,王亦
柔之。道之既由,化之既柔。木以秋零,草以春抽。
兽在于草,鱼跃渊流。四时递谢,八风代扇。纤阿案
咎,星变其躔。五纬不想,六气无易。愔愔我王,绍
文之迹。

"寺庙花园",见《金云翘传》第十六回。事件情节:翠翘
入佛门。

八、《玉娇梨》中的园林风貌

　　时值九月中旬,白公因一门人送了十二盆菊花,
摆在书房阶下……深香疏态,散影满帘……

"白家花园",见《玉娇梨》第一回。事件情节:才女因菊
作诗惹祸。

　　这轩子虽不甚大,然图书四壁,花竹满阶,殊觉
清幽。

"弗告轩",见《玉娇梨》第二回。

这灵谷寺看梅是第一胜景。近寺数里皆有梅花，或红或白，一路清香扑鼻，寺中几株绿萼更是茂盛。

"灵谷寺梅园"，见《玉娇梨》第四回。事件情节：苏友白赏梅题壁，被吴翰林看到，深受赏识。参与人物：吴翰林、苏友白。

到了百花亭上，隔着墙往里一望，只见一株红梨花树高出墙头，开花如红血染成，十分可爱。

"梦草轩"，见《玉娇梨》第八回。事件情节：张轨引苏友白来百花亭赏花。参与人物：苏友白、张轨。

（红玉）小姐悄悄地打开西脚门，转到后园中，忽听得百花亭上有人咳嗽，便潜身躲在一花架屏风后，定睛偷看。

"梦草轩"，见《玉娇梨》第九回。事件情节：红玉躲在百花亭无意中看到苏友白。参与人物：红玉、苏友白。

第三节　世情小说园林类型概括

"园林"一词频繁地出现在魏晋时期的诗文中。西晋张翰《杂诗》有"暮春和气应,白日照园林"之句。北魏的杨衒之在《洛阳伽蓝记》评述司农张伦的住宅时说:"园林山池之美,诸王莫及。"此时古人笔下的园林多泛指当时王侯的宅园或自然风景名胜。

中国古代园林是一个可游、可望、可居的生活空间,是一个集生活与娱乐于一体的特殊空间,供人物的日常起居、消散娱乐之用,实质上是一系列住宅群分散在优美的自然环境的一个综合性领域。就园林本身而言,多以山水花草作为主景,以居所住宅为附属。但从局部而言,居所建筑往往是一个景观的主题所在,其余景致皆围绕而建。因此,"园林"概念本身带有一定的笼统性和广义性。

随着历史的变迁,园林的内容和类型逐渐丰富,明清时期表现得最为繁盛。小说园林的类型并非千篇一律,它们与现实中的园林相平行映照,根据创作者身份、经历和故事内容的需要不同而划为不同的类型。世情小说中各色的园林形态,实际上是现实中众多园林风貌的再现,体现着不同的背景文化和不同的主题思想。

一、根据所属性质的划分

世情小说涉及的背景极为广阔，涉及的人物阶层众多，其所拥有的园林形态也各不相同。现实中的园林多由人为参与而成，具有一定的所属者。根据所属者的身份，传统园林可以分为皇亲国戚所拥有的皇家园林、贵族文士所拥有的私家园林、僧侣道人所拥有的寺庙园林等类型。

由于园林背后的文化形态和社会功能的不同，这3类园林在美学风格上呈现出各自的特点来：皇家园林的大气磅礴，私家园林的幽婉静逸，寺庙园林的古穆沧桑。世情小说中也会存在这三种类型的园林，其中以私家园林为主，以寺庙园林为辅。无论是哪种类型的园林，在作品中所呈现出的美学风格都是多样的，特别是私家园林，随着作品人物性格特点和故事情节发展的需要，其姿态和样貌各有特色。

皇家园林，顾名思义，为历代皇室或与皇室相关人员所拥有，其拥有者的特殊身份决定着皇家园林的气势与风格，表现出的是皇权的显赫和辉煌。

早在公元前11世纪，就有周文王所建造的灵囿。灵囿可以说就是皇家园林的雏形。最初的皇家园林是为了便于帝王打猎游赏，因而多被称为"苑"或"苑囿"。随着封建社会帝王集权统治的不断加深，皇家园林从最早的狩猎跑马之所，逐渐地向典雅化、精致化的景致之园迈进。无论是哪一时期的皇家园林,无论是存于现实中的还是文学作品虚构出来的,都呈现出规模浩大、气势恢宏的万千气象。《金瓶梅》中曾数次提到的乔王府后花园,《红楼梦》中的大观园,笔者认为,实际上就是原著作者心目中皇家园林的典范。

皇家园林的第一个特点为气象宏大。无论是在布局构造上还是在符号象征上都有着体现天地的宏大气魄和统摄万物的姿态,在建筑结构上多以建筑数量多、形态高大壮观、用地面积广阔著称,因而在皇家园林中经常会有一系列具有压倒气势的建筑群,也会有一些精妙的元素令人惊叹。皇家园林讲究布局的层次和条理性,因地相形、造妙天然这些理论被溶解在一系列的等级主次关系之中。在世情小说之中对于皇家园林的塑造和描写并不十分多见。

皇家园林的第二个特点为多元特征的融合。融北方园林之广袤与南方园林的精巧为一体,到了清末甚至融东西方造园艺术为一体。皇家园林是多重技艺、多重智慧杂糅下的精品,在无上崇高的皇家气势笼罩下,皇家园林呈现出其他类型园林所无法具备的恢宏气象。对皇家园林的塑造体现了创作者对皇家权势的一种尊崇和思考。世情小说将之前人们可望而不可即的皇家花园挪移到了人们日常可以接触的视野中,这是一种将宫廷高阁挪移到人间市井的气魄和理想。

尽管世情小说涉及的社会阶层较广,然而其主要阶层仍集中在贵族官僚商贾之中。因而在世情小说中的园林拥有者多为这些阶层,而这些园林可称为私家园林,如《金瓶梅》中的西门府花园、《林兰香》中的耿府花园、《歧路灯》中的碧草轩和《蜃楼志》中带有西洋风格的粤商花园。这些园林附属于官宦绅僚的宅园庭院,融居住和观赏为一体,因而兼备实用性和观赏性。在现实中的私家园林更是作为中国古典园林的主流,在外观和结构上形成了一个特定的系统模式。在作品中所描绘的园林色彩淡雅、空间尺度适宜,整体的形态是婉曲流畅的。外围多为粉墙灰瓦,形状矮小精致,色彩恬淡宁静,犹如一袭素色纸,衬托周围的景物,与周围景物的颜色相协调。园林内部的建筑也同现实中的园林建筑保持一致,常有隔扇、屏风、花窗等将空间分隔,其内部摆设常常成为创作者们关注的焦点,多呈现清幽雅致或富丽堂皇两个特点。创作者们尤其善于在园林的构园要素中下功夫,其怪石、假山、流水、花树都被赋予了别致的造型。这些元素彼此之间相互协调相互比衬,其精妙的设计和婉曲的空间构造往往营造出无限美好的生活气息。创作者善于运用粉墙、花窗或长廊来对有限的园林空间进行分割,给人的视觉效果是隔而不断,如同流动画廊一般,变幻无穷。总之,在世情小说作品中,私家园林的形态更是精彩纷呈,不仅表现出作者的精妙构思,更衬托出作品的无尽美感。这一层次的花园是创作者们亲眼所见、亲耳所闻的花园类型,是他们最为熟知的形态。园林文化深深地根植于文人阶层的心性之中,体现着这一艺术的价值。文人们对园林的依恋和欣赏无形中透着其对理想人格的追寻和对理想境地的永恒追求。

在世情小说中还经常会有宗教园林出现。这一类型的园林具有浓郁的宗教气息，是作品中人物进香朝拜之所，多位于郊外山水清幽之地，因而寺庙园林实质上是出外游赏和进行宗教仪式活动的宗教空间和自然环境空间的有机结合。寺庙园林常常作为小说人物的活动场地，其日常的进香、祷祝、祭祀皆发生于此。寺庙中往往古木林立，给人以幽深古远的历史沧桑感。《金瓶梅》中的玉皇阁，《大观园》中的栊翠庵就是寺庙园林的代表。寺庙园林的存在和出现频次，折射出宗教活动在人们日常生活中所占有的地位。宗教思维在世情小说中始终占据着一席之地，宗教活动也是当时人们日常生活中的一个重要部分。宗教活动的频繁化带来了宗教园林的活跃和频繁现身。如《醒世姻缘传》整部作品对园林的着墨是相对较少的，然而对寺庙类的园林有较为细致的描绘。对宗教园林的大篇幅着墨，体现了当时宗教活动在人们日常活动中的繁盛之态。

此外，在世情小说中还有许多郊外园林的出现。这种郊外的园林以山水自然为主，人工建筑为辅，这些游乐之地的形成常与民间的传统节气相关联，也有文人名士的游赏和宴饮，其空间开阔，向来为小说创作者所钟爱。

二、依据景点布局的划分

根据园林中各个元素的空间设置和布局的不同,可以将世情小说中的园林分为以下几种类型:

第一,集中式。

建筑物、花木、假山……园林元素居于中央,有的周围以水池环绕,此种平面布局,好似城外有护城河之效果。而立于叠石假山之上,可眺望,风光尽收眼帘。小说中的多数园林属于此模式,这种类型的布局也是较为传统的一种形式。如《金瓶梅》中西门庆兼并各家之地后所盖的花园:

> 开了新花园门游赏。里面花木庭台,一望无际,端的好座花园。但见:正面丈五高,周围二十板。当先一座门楼,四下几间台榭。假山真水,翠竹苍松。高而不尖谓之台,巍而不峻谓之榭。四时赏玩,各有风光……

这里的格局设置与现实中的园林有相似之处,建筑结构有主有次,方位层次分明。"当先一座门楼,四下几间台榭",门楼的作用是用来隔绝人的视线,起到抑景的作用,使游者心意收敛,之后使其视线打开。一收一放,在游者心中掀起层层狂澜。这是现实中园林的基本手法。再看园中的构园要素:山水、花木一一具备,并且所栽植之物皆为普通常见之花树,并且依照四时节令的不同而进行搭配组合。总之,《金瓶梅》中所提到的花园是一个具有传统意义的写实园林,此园林的由来与西门庆的肆意吞并土地有着密切关系,因而具有很强的现实色彩。

第二,散列式。

以山水或某个建筑物为中心,其余园林元素散置于大规模水岸边,此种平面布局无论置于何地观景皆有不同视角之观感。如《红楼梦》中的大观园即这一模式,它以园中之水作为景观的中心,各个景点分布散落在山与水周围。大观园以大观楼作为整个院子的中心,其余各景点处所都是围绕这一中心来展开的。在《红楼梦》的续作和仿作上,多数园林也呈散列的布局形式出现。

第三,端点式。

这一模式并无具体的主景,而是以某一元素为主线,其余景致以点的形式分散在这一主线上,小说作品中经常以水池、过道、走廊作为引线来将系列景致贯穿。如《林兰香》第十五回:

> 梦卿所住东一所之南,一带假山,山洞中有小门两扇,可以开闭。山前翠竹千竿,遮住洞门。竹林北曲曲折折的鱼池,水内一亭,便是九皋亭。亭西花厅三间,香兰四绕,便是九畹轩。轩北回廊一座,来回九折,足以迷人,便是九回廊。

　　九回廊之西是东角门。九回廊之北，朱扉双启，花墙数曲，里边是梦卿住房。那鱼池从东而北，直通葡萄园中、有小桥二架，一通假山洞门，一对九畹轩，有小船一支，以渡九皋亭。朱扉内正房五间，中三间前有抱厦，后有庑坐。三间的中一间，靠北有屏风一架，大床一张。从左边转过屏风，出后门便是往爱娘房内去的穿廊。穿廊下樱桃树两株，玫瑰花数丛。三间的左右两间，俱作里屋。西里屋内有北套间一间，东里屋内有东套间两间。抱厦西边，有紫荆花一树。东套间窗外，有芭蕉十数本，山石一座，高下向背，可坐四五人。北套间之西小穿廊就通着东配楼，此东一所之大概也。

　　这里以九回廊作为主线，一折为一个端点。一端点为一景致，各个处所分列在九回廊的四周，作者也分别予以描绘。园中的建筑格局之设计别有新意，景物配置不落俗套，既与所居人物的品性相合，又不失园林的美学风采。池中更可泛舟，俨然西湖缩景。这类园林当不仅止于私人休息之所，更适合闲暇游赏。

三、依据园林主题来划分

　　所谓的园林主题，即园林主要所表现的内容。根据园林所表现的主题不同,可分为以下几种类型。

第一,游居合一的传统类写实性花园。

写实性表现为园林的模型依据现实的园林而来,并无夸饰成分,是现实版园林的素描。《金瓶梅》中的花园有几分现实花园的影像,尽管西门庆的身份较为多元,但这并不妨碍我们对这一园林的定位:一座不折不扣的商贾园林。花园的盛衰暗含着西门庆的荣辱,西门庆生子加官升职,则花园繁盛;西门庆没,则花园落败。花园更具一种象征性的意义。

第二,以单一植物或建筑为主题的园林。

如《鼓掌绝尘》风集中所说的梅园:

> 那圃旁有一座道院,名为梅花观,并适才那所梅花圃,却是巴陵城中一个杜灼翰林所建,思量解组归来,做个林下优游之所。

以园中所种之梅为园林的主要风采,并且通过作品中的人物来介绍梅的种类和特征,评说梅花的品色,尽展梅园的风情,仅凭梅花这一种植物就能够给读者以无尽的观感。可谓是主题园林的代表。

这样类型的主题园林往往以其中的一个主题物象来引出一番故事。最具代表性的是李渔的《十二楼》中以楼阁为主题的园林。

以《夏宜楼》为例:

一日，时当盛夏，到处皆苦炎蒸。她家亭榭虽多，都有日光晒到，难于避暑。独有高楼一所，甚是空旷，三面皆水，水里皆种芙蕖，上有绿槐遮蔽，垂柳相遭，自清早以至黄昏，不漏一丝日色。古语云"夏不登楼"，独有他这一楼偏宜于夏，所以詹公自题一匾，名曰"夏宜楼"。

李渔的《十二楼》中每一个故事都以一座楼来命名，以不同主题和内涵的楼来作为故事的发生背景和主线。多数园林本以自然景物为中心，但《十二楼》中的园林是以建筑为中心的。可见李渔对楼阁的喜爱之态。阁与楼的共通点在于高广、窗户虚邻，能纳无限之芬芳，收四时之烂漫。楼阁这类建筑物具有的建筑空间感，带给人的恰是一种虚无感。在楼阁上，欣赏到的景色是生机盎然的自然，人于其上产生的联想，是对宇宙充盈流溢、生生不息的美的领悟。总之，以植物和建筑为主题的园林是世情小说园林的形态之一。

第三，模拟农家田园风光的园林。如《红楼梦》大观园中的稻香村。再如《歧路灯》中的南园：

庚伏初届，未月正中。蝉吟繁树之间，蚁斗仄径之上。垂绠而汲，放一桶更提一桶；盈科而进，满一畦再递一畦。驼背老妪，半文钱，得葱韭，更指黄瓜两条。重髫小厮，一瓢饮，啖香杏，还美蜜桃一个。

小土地庙前，只有一只睡犬。大核桃树下，曾无半个飞蝇。

第四，有一种为写意类型的园林，园亭、楼台、水榭、花木等未有真实而具体的形态，然而园林的整体图状是小说创作者点染而来的。园景如诗似画，颇具韵味。如《鼓掌绝尘》第二十一回写文荆卿偶遇花园人，不多时早已走到，果是一座花园，站在园门首，仔细瞧了一会，只见那：

> 绿树垂阴，柴门半掩，金铃小犬无声。雕栏十二，曲槛玉阶横。满目奇葩异卉，绕地塘秀石连屏。徘徊处，一声啼鸟，惹起故乡情。

再如才子佳人小说《定情人》第三回所写的江章家万卉园：

> 金谷风流去已遥，辋川诗酒记前朝。
> 此中水秀山还秀，到处莺娇燕也娇。
> 草木丛丛皆锦绣，亭台座座是琼瑶。
> 若非宿具神仙骨，坐卧其中福怎消？

作者用具有概括性的词语，轻松而生动地点染出园林的诗意景观。这样的写意类的园林在世情小说中极具表现力，是众多创作者较为偏爱的一种类型。

这类传统形态的花园在世情小说中会时常见到。如才子佳人小说中的园林,多具有传统园林形态的影子。凡殿、堂、厅、馆、轩、榭、斋、舫、亭、塔、台、楼、阁、廊、桥等不同性质的建筑物仍然能够与山、水、花木有机地组织在一系列的风景画面之中,随时给人一种诗意盎然的情怀。

如果说以上作品呈现出了多种不同的园林形态的话,那么《红楼梦》中的大观园则是一个大的汇合体,将不同形态的园林集中在一起,造就了小说园林的经典。大观园中有以植物为主题的芍药亭、柳芳渚,也有体现独特园林匠意的凸凹晶馆,还有模拟农家田园风光的稻香村。历经上百年的园林经营者累代锤炼,使得曹雪芹在《红楼梦》中建构出一个"兼采众家之长"的完美的园林体系,成为世情小说园林作品中的典范。

四、依据园林地域划分

空间的形态样式是社会和历史文化的产物,园林形态的不同反映着作者的生活经历和创作地域的差异。园林的形态与作者的身份、地位和经历有着密切的联系。园林形态呈现出一定的地域性特点,世情小说作品的诞生之地也可被划分为南北两大地域,再细致划分,可以分为北方一带的中原地域、江南地域和岭南地域,巧合的是现实中的园林也是这样的,按照地域风格将古典园林划分为北方园林、江南园林和岭南园林。

世情小说作品中的第一座园林产生于北方的齐鲁地域。

《金瓶梅》的故事发生在山东一带，文中提到"临清"一地名多达六十次，作品中许多地理名称都与现实相吻合，更为明显的是这里的方言、民俗皆与当地情形相同。

在此之后的另一部世情小说作品中，西周生的《醒世姻缘传》也出产于山东一带，此作品细致而逼真地展现了山东乡村一带方方面面的生活情景，给后人绘制了一幅包罗万象、气象万千的山东民俗画卷。

早期的世情小说作品多源于北方地区，或者创作者是北方人，对北方的生活环境和习俗都已熟知。因而作品中的园林面积较为庞大，格局较为齐整，花草配置和器物摆设也较为中规中矩。《金瓶梅》和《醒世姻缘传》中的园林就呈现出北方园林的特征。北方园林由于地域的影响，一般面积较为广大，气势恢宏但在精巧秀美方面略显不足，还很少有水流湖泊的出现。如西门府中的花园：

> 正面丈五高，周围二十板。当先一座门楼，四下几间台榭。假山真水，翠竹苍松。高而不尖谓之台，巍而不峻谓之榭。四时赏玩，各有风光……

没有丝毫出奇，凌乱之感，就如将现实中的园林进行了一番素描一般。

北方的园林大气厚重，格局分明，色彩较为明朗。南方园林则小巧精致,布局巧妙,色彩偏于素雅。造园家陈从周认为:江南园林的粉墙黛瓦就是适应软风柔波垂柳的小桥流水,而使用北方宫殿建筑的红墙黄瓦也就与环境格格不相入了。

世情小说发展到中期逐渐向才子佳人类型靠近,《林兰香》中的园林风格其实就是这一形式的过渡,尽管所述的皆是北京的风土民情,而对其中园林的塑造有几分江南的诗性意味。

紧随其后的是一批江南地域的创作者,他们以江南的青山秀水为创作背景,笔下的园林具有江南园林的精巧与秀美。江南一域的园林多具河流湖泊,绿被常新,但空间窄狭,园林精致细腻,淡雅朴素,布局也呈现出不规则之势,多奇树怪石。现实中的江南园林多位于江苏、杭州、扬州等地,其中,以苏州园林为典型代表。才子佳人小说的创作者多为江南一带士人,其笔下园林具有江南一带的意蕴情调,如《宛如约》中的司空学士家花园:

> 桃三攒,杏四簇,花间红树;莺百啭,燕千啼,鸟弄管弦。东数行,西数行,杨柳分垂绿幕。高几片,低几片,落花乱砌锦茵。左一折,右一折,尽是朱栏;前一层,后一带,无非密室。厅堂耸秀,玲珑巧石叠成山;池沼澄鲜,清浅或通泉作水。晓日映帘栊,氤氲春色;东风吹径路,杂踏花香。四壁图书,列海内

名公题咏；满堂玩好，皆古今珍重琳琅。只就到处风
流，何殊金谷；若论其中有美，无异桃源。

曲折回廊，玲珑叠山，池水清泉，这些皆为江南园林的
代表特色。今人杜道明评论说，与华北的皇家园林相比，江
南的私家园林占地甚少，小者一二亩，大者数十亩。在如此
狭小的空间里，还要包容山水、花木、建筑等内容，要营造出
令人流连忘返的景观，实在让人为难；但南方人善于"螺蛳
壳里做道场"，可把方寸之地布置得小巧别致，韵味无穷。

此外世情小说中也不乏岭南之域的作品。《蜃楼志》的
作者生于岭南一带，因此故事背景皆为岭南风情。这里所
提到的园林风貌当为岭南园林的代表。

岭南之地自然条件与其他地域有所不同，气候常年温
润，植被四季常青，具有与中原地区和江南地区不同的热带
风情。在这样的自然环境下，人们的生活起居与建筑风格
也随当地的环境而发生改变，作品中的园林也呈现着当地
的特点，其风格特色与现实中的岭南园林的代表清晖园、余
前山房等有类似的特点。曾有学者对《蜃楼志》作者的地域
提出疑问，有人甚至认为这位称作劳人的作者并非岭南一
带之人。这样的观点值得思索，从作者对环境的熟悉程度
来看，作者应当是本地人。

由此可见，作品中的园林形态是对作者或作品地域的
一种表现。在无法考证作者和作品地域的前提下，通过园

林的表现形态，可以对地域进行推测。《红楼梦》中的大观园南北形态兼备，这与曹雪芹由南入北的经历有极大的关系，由此导致了《红楼梦》叙事亦南亦北，在红学史上上演了旷日持久的"南北之争"。

总之，从作品中的园林形态可以看出，从明代后期的《金瓶梅》到清代后期的《蜃楼志》，明清世情小说起于齐鲁，而兴盛于中原与江南，最后在岭南收尾。

第三章　园林视域下的世情长篇叙事

　　"山水即文章"的观念在刘勰的《文心雕龙·原道》里有所论及,清代张潮在《幽梦影》中将这一观念发挥到极致:"文章是案头之山水,山水是地上之文章。"这种自然山水与万物相通的美学观念成为园林与文学之间互文性的关键。明清世情小说在叙事模式与园林空间形态上存在内在的关联性,在叙事结构、叙事衔接、转换技巧上,大多与园林的建构与技法呼应。

第一节　园林文化下的小说主题与人物

任何文学作品的创作和形成都是依托于一种文化的。我们需要立足于本民族的传统文化,对古典小说做还原性研究。园林的产生和发展始终渗透着中华传统优秀文化的精髓,也折射出明清时期世情小说的精神。。

一、世情小说园林文化释义

"园林文化"的概念,涵盖内容庞大,涉及范围广泛,是千百年来的一种综合性的文明形态,包括建筑、绘画、民俗、文学在内的文化集合体。"世情小说园林文化"从现实中的园林文化生发而来,是指在世情小说中出现的园林所蕴含的物质与精神内蕴。园林是传统社会中别具文化意味的空间形式,是流转着士人生命意识与审美心灵的诗性所在。明清士人濡染园林文化既久,遂于现实园林生活之外演绎出一条平行映照的园林书写系统,大量园林书写进入文人的小说创作之中。经由小说特有的叙事与抒情途径,文人们特定的园林情怀及人文意蕴不断得到凸显。明清士人在园林小说的书写中,经历了真实与想象的相互转化,使士人园林日益超越其作为单纯物理空间的存在,进而积淀为一种精神性的象征与符号。世情小说中的园林根植于中华优秀传统文化这一沃土，在创作者本于理想而游心写意的创作理念上，在每个读者的心中构建了严谨巧妙的布局、精湛高超的技艺、诗情画意的景象，最终形成了独具一格的园林文化。世情小说作品中的园林文化与现实园林文化一脉相承，是现实园林文化的写照。尽管是现实园林的写照，其中所含的文化含义仍然有其独特的一面。世情长篇小说中的园林是创作者对小说环境重视的一种重要表现，是文人展现理想或幻想最直接的体现，同时是几千年来中国封建思想和传统文化理念标志，集中展现中国数百年来（尤其是明清时期）历史文化精华的艺术载体。

世情小说的创作者们通过虚拟园林形式展现出多重的文化类型，文化的种类之多，涵盖之广，表现出园林文化博大精深的一面。传统观念、风俗习惯、宗教信仰、建筑风格、雕刻艺术、植被设计，无数个文化成果皆汇聚于此，世情小说中的园林成为传统文化的真正的"大观园"。这是一系列需要调动无数艺术大师、精工细匠、鉴赏人员共同努力奋斗才能完成的园林艺术。世情小说的园林文化形态多样，蕴意丰富，从形态上大致可以分为物态文化和精神文化两类。

1. 小说中园林的物态文化

所谓的园林物态文化，是指"凝结在园林表层结构载体上，具体地指凝结在园林的四大物质要素，即建筑、山石、水和植物表层结构上的可视、可感文化"①。园林首先是作为物理空间形式而存在的,其中花木、泉石和家居日用摆设是园林外观的直接体现,这些元素彼此之间搭配衬托,体现出园林景观的一种文化。古代并无专门的造园家,更缺少系统的理论学专著,许多园林的设计都是出于画家之手,因而对园林的布局与摆设犹如描绘一幅画,需要对整个画面做一番统筹,各个元素的搭配要疏密得当,匹配兼宜。小说创作者采取"外师造化,中得心源"的绘画理论来构思园林,以自然风物和现实园林为范本,经过创作者的提炼升华为一种理想的艺术,最终达到情感和审美上的满足。小说园林的空间营造可以透露出这一时期的人们对生活空间的认知形式,他们往往以心造景,以有限的空间资源,创造出"壶中天地"这一空间艺术效果,因而作者对"借景"技法尤为看重。《红楼梦》中的大观园之所以意备景全,在很大程度上是由于作者引导读者展开对"借景"的想象,把无限的景致装进有限的空间内。小说的创作者一如现实园林的设计者一般,他们全身心地、执着地追求方寸之地的微妙之境,不放弃对容膝之地的探求,不轻易忽略方寸之地,在有限的空间中发掘无限的艺术趣味。小说的创作者继承着明清时期园林的发展趋势,结合社会文化脉络,以"芥子纳须弥"的艺术匠心与技法,将大千世界摄入片石池水之中,以使历史积淀

① 曹林娣《中国园林文化》,北京:中国建筑工业出版社,2005年版,第5页。

的文化体系潜藏其中,完成了古典园林艺术的最终美学形态。

空间营造是园林存在的基本条件,园林的四大物质要素是园林物态文化的主要承载者。小说的创作者对园林的描绘也往往将重心放在花木和石水的展列上。

首先是房宇屋舍等建筑,这是园林中人工成分较多的一种元素,满足了人们可游可居的双重要求,往往是一座园林的标志性元素。世情小说中的园林多是私家宅院式的,以建筑包裹着园林。形态与风格处处强调与周围环境的协调关系,表明创作者明晰的伦理意识,其布局以庭院为基本单位构成线性系列,严格地遵循着象征礼制的等级来定位和划分。"体天象地"是园林建筑的原则,也是建立在自家庭院中的宇宙。人们把观察到的自然秩序带入生活,体现在园林建筑上,便是严格的位置定位和富有象征意义的建筑装饰。人们采用原始图腾和自然物体来作为建筑装饰,体现了对平安生活、幸福人生的追求和向往,而建筑雕饰和屋内摆设透着浓浓的生活气息和民俗风味。

其次是园林中的花木。花木之于园林,犹如衣之于人。园林中一草一树、一花一木,无不充分发挥着它们成景、点缀的作用。艺花可以邀蝶,栽花可以邀风,种蕉可以邀雨,植柳可以邀蝉。园林中的花木受到人工打造的痕迹较少,体现着自然环境中生机活力与美好绚丽的一面。世情小说中的花木不仅仅体现在其姿态之上,更体现在其色、香、姿、声之上。园林花草树木的美可以从观形、赏色、听声和闻味进行鉴赏。植物间的配置除了形、色单配的美观视觉之外，更追求其声音和表征的意义。如玉兰、海棠和牡丹三者的单配，寓意为"玉堂富贵"。除此之外，还注重植物间时节的搭配，根据花卉所开时节的不同而进行配置，突出园林季相的变化，最终达到"一年无日不看花"的效果。总之，园林中的花木是人们寄寓情怀，追寻美好的文化信息的载体。

除了花木元素之外，园林中的石、水也蕴含着浓郁的文化含义。园林中的石、水象征着自然界中的山水，蕴藏着浓厚的社会情感积淀，记载着文人们的心路历程，体现着士人的风流雅韵。"石令人古"，这一物象蕴含着太古的历史意蕴，具有历史沧桑的文化品格。人们对石的钟爱，实质上是一种怀古的文化心理。《红楼梦》中的古玉顽石就是这一文化的衍生。人们对石的钟爱到了痴的地步，根据石的形态赋予其生命和灵魂，寄寓人们美好的愿望和理想。对于石的喜爱不只是限于室外，还包括室内的摆设。如《隔帘花影》中写李师师居所：正南设大理石屏二架，天然山水云烟；居中悬御笔白鹰一轴，上印着玉章宝玺。这里显然是对石材的又一种用途，表现出当时人们对于这种元素的喜爱。如果说石代表的是纵向历史的沧桑，那么世情小说园林中的水则是现时情感的流动。尽管"水"也意象曾经代表过时间的流动"逝者如斯夫，不舍昼夜"，但其在园林中含义更多的是一种情感的动态"动观流水静观山"。小说园林中频繁出现着一股股活水，人物的情感也随之萌生涌动。这些可见可观的园林组件构成了小说园林的物态文化，也是一种较为浅显表层的文化。

2.小说中园林的精神文化

园林的精神文化是指"飘在物质载体之外，隐藏在物质形式的背后，透过物质建构所反映的社会心理、思维模式、传统价值观念、生活方式、行为方式、哲学意识、伦理道德、文化心态、审美情趣等等"①。园林的精神文化是一种较为深层的、带有民族特色的和时代性的文化。

中国的儒道释精神对园林文化的影响和渗透是较为明显的。

在小说园林中的儒家思想主要体现为：长幼有序的方位观和读书入仕的传统观念。如小说中的方位布局，门楣上的楹联之意，皆是对儒家礼制观念的恪守和遵循。儒文化对人生审美的重视，并不等同于尊重个体人格价值和人格意识的现代文化，而只是强调个体与社会群体意识的和谐统一。因而园林中往往凸显的是一家人其乐融融、和睦相处的热闹场景。无论是具有讽刺意义的《金瓶梅》还是抒情唯美的《林兰香》，抑或是市井气息浓郁的《歧路灯》，其中都有在园林庭院中家族聚会玩乐的场面描写，在园林的环

① 曹林娣《中国园林文化》，北京：中国建筑工业出版社，2005年版，第5页。

境中透着一种儒家的生活观念。

园林的精神文化更多的是由道家精神构成的。道教是中国的本土宗教，主张自然无为，追求万物间的和谐。同时隐逸避世的思维也源于其中。园林中的营造原则是因地制宜，造妙自一壶天地，袖里乾坤，结缘于道家精神。中国古代的文人和士大夫确立了以自然、适宜、清静、淡泊为特征的人生哲学，与此相关联的审美情趣是文人所特有的恬静淡雅的趣味、浪漫飘逸的风度、朴实无华的气质和情操。他们寄身于林园，啸傲于山水之间，为的是回避当时的现实，从园林这一环境得到心灵的补偿。

园林中佛禅思想主要体现在空间与境界两个方面上。

园林在空间上追求小而精妙的艺术效果正是佛禅思维的表现。任晓红在《禅与中国园林》中认为，禅学思想中从芥子中观须弥，以小见大的审美观念变化是造成中国私家园林尺度由魏晋到唐宋逐步缩小的原因之一。禅所追求的是一种内在的体悟，强调"明心见性"，因而禅意在园林空间中体现为对人的内心和本性的审视，而非外在环境的寻觅。因而在园林空间上不寻求无限制地拓展，而安心于一个微小的世界，更大的世界则藏于内心之中。在禅风的濡染下，园林的境界变得空净而明澈，人们开始追求一种淡泊、自然、适意的生活情趣。世情作品中的园林，从《金瓶梅》中西门府的后花园到《林兰香》中的耿府花园，再到《蜃楼志》中的岭南花园，作品都标明了园林空间的有限性。就连《红楼梦》中的大观园,虽有皇家园林的气派,但也不是无限大,在一开始作者就透过贾蓉之口,道出园林的面积是三里半大。可见作者的真实目的是以有限的空间来表现无限的风光和匠意。

由空间上升到境界的禅境是园林精神的内核,追求一种写意的境界。其所采用的艺术形式渗透到花木、山、水、建筑等各种园林要素的精心布局中,因地制宜,宁曲勿直,往往借用空间分割、奥旷交替、标胜引景、遮蔽景深、曲径通幽、气脉连贯、互妙相生等手法去实现。园林的空间始终以隔、断、起、转、合、漏、透等处理方式鲜活地彰显空间通透灵动的特征,透露出士人纯粹本性的适意人生哲学和审美本质。匾额、楹联题词在小说园林中作为文化象征的一部分,是园林文化的集中体现。正如《红楼梦》中贾政所说的那样:偌大景致,若干亭榭,无字标题,也觉寥落无趣,任有花柳山水,也断不能生色。于有凤来仪处,宝玉题联:"宝鼎茶闲烟尚绿,幽窗棋罢指犹凉",一种坐看花开花落、静观云卷云舒的禅境油然而生。园林中的典故诗文是创作者造园中之景的重要题材,是创作者对其所创之境的一种体悟,园景因此含义至深,而韵味无穷。朱良志说:"中国园林家如同其他艺术家一样,有一种自觉的超越情怀,一亭一桥见君闲,一山一石伴君乐,这对园林家来说是完全不够的。园林家身在方寸之间,心系浩茫阔大的宇宙时空,他们不溺于园,而是通过园林达到与天地宇宙的融合。在园林所关涉的3个世界(自我世界、园林世界、宇宙世界)中,园林世界唯其是人性灵所寄、乐意所归,故它实际上是人达于宇宙境界的媒体,造园家将天地之无限生机和博大雄奇收摄于壶天勺地之中,而品园家却通过这壶天勺地领略天地宇宙的无限秘密,由此抒发自己的超越情怀。"①

二、园林文化下多元主题寓意

小说的主题作为一个客观存在,经常会进入小说评论者的视野当中。"主题"一词源于西方小说理论,美国学者布鲁克斯·沃伦在《小说鉴赏》中对小说"主题"一词阐释得较为全面:"主题就是对一篇小说的总概括。它是某种观念,某种意义,某种对人物和事件的诠释,是体现在整个作品中对生活的深刻而又融贯统一的观点。它是通过小说体现出来的某种人皆有之的人生体验——在小说中,总是直接或间接地含有某种对人性价值和人类行为价值的议论。"②

这一概括是基于西方小说的艺术实践提出来的。在中国古代文学中,"主题"的意思接近于"旨意""主脑""立意"之意。主题是一部作品的思想内容,同时也是作者期望表达的思想精神,往往是根据情节的发展以及人物的活动事

---

① 朱良志《中国艺术的生命精神》,合肥:安徽教育出版社,1995年版,280页。

② 鲁克斯·沃伦《小说鉴赏》,北京:世界图书出版社公司,2006年版,第220页。

件而归纳总结出来的,因而需要通过一定的逻辑性叙述来表述清楚。国内对主题的研究起步较晚,20世纪30年代初,谢六逸发表的《小说创作论·主题小说》是我国较早的一篇专门讨论小说主题问题的论文,谢六逸指出:"作家在自然,人生之中,寻着自己所喜欢的题材,将它写成小说,可是,并非将那些题材,漫然地写作出来。作家必须借那些描写出来的事件,情节,结构,人物,说出自己的旨意,诉于读者。"①小说作品的主题与母题有较为直接的联系。母题具有典型性和稳定性的特征,若干母题之间进行组合和串联就会衍生出不同类型的故事,故事主题也随着故事类型的不同而生成多个种类。中国古代长篇小说在其发展过程中根据题材的不同,大致可以分为3类:由史传文学发展演变而来的历史演义小说;由六朝志怪、宗教故事发展而来的神魔小说;由话本发展而来的世情小说。此三类小说的界限并不绝对,如史传中、演义中都夹有志怪,神魔中、志怪中都夹杂世情,几种类型交错渗透。而不同题材小说的主题差异是较为明显的,这些差异的原因在于对母题的运用和选择上。历史演义小说的主题为通过历史朝代的忠奸斗争,展现某一时期的生活面貌,揭示历史发展的趋势,同时赞颂一系列历史英雄形象。神魔小说则往往以神话般的神奇境界和光怪陆离的神鬼形象来宣扬佛道,给世间众生以精神

---

① 吴福辉编《二十世纪中国小说理论资料》第三卷,北京:北京大学出版社,1997年版,第150页。

寄托。世情小说则将主旨限定在人伦物理之上，以劝诫世人、宣扬教化作为其最终主旨。然而在绝大多数世情小说作品中，作者并没有直接以人伦教化为唯一目标来进行文本的构思和创作，他们更多的是想借小说这一形式来浇"心中之块垒"。然而作品在社会上的立足需要冠名，所谓"名不正则言不顺"，于是"劝世教化"这一称号被附加在作品的创作之上。而作者在"编中点染世态人情"的过程中，会有其自身的道德判断和人性定位，于是"寓劝世深衷"的目的自然达成。明代欣欣子的《金瓶梅词话序》指明《金瓶梅》的主旨是：明人伦，戒淫奔，分淑慝，化善恶，知盛衰消长之机，取报应轮回之事，如在目前始终。并认为这一主旨如脉络贯穿全书。至清初的张竹坡，则用意蕴更加简括的"苦孝说"来概括该书的立意。由此可见，前两类小说的叙事主线较为统一，叙事主题的前后也基本一致。而世情小说的主题似乎并不那么绝对和明晰，常常表现出多元化形式。由于受时代局势的影响，世情小说的创作者往往将作品主旨标榜为"劝诫世人，宣扬教化"，而实际在作品中所表达出的思想主题往往并不限于这一点，而是呈现一种不稳定的多元态势，任由读者解读。如《红楼梦》主题，鲁迅曾在《〈绛洞花主〉小引》中概括说：因读者的眼光而有种种：经学家看见《易》，道学家看见淫，才子看见缠绵，革命家看见排满，流言家看见宫闱秘事。

从世情小说《金瓶梅》开始，历代读者和评论者就曾解读出不同主题来,早在明清之际就有淫书说、政治寓意说、讽劝说、泄愤说等几种代表性说法。紧接着《醒世姻缘传》的主题又有多重解释,如姻缘说、伦理说、报应说等。延续到《红楼梦》,对其主题的解读更是多样化。

小说主题的不稳定源于创作者创作思维和观念的不稳定,原本是由于叙事环境的复杂多样性决定的。时代的变化导致了创作者所选择的故事环境的变化,随即一系列典型性的人物和故事情节更换,故事的主题自然就随之改变。神魔、历史演义等小说类型,其故事环境较为广阔,环境构架较为粗略,作者的思维构造也较为单一和明朗,情节的发展容易被一个明确的主线贯穿,从而作品主题较为单一。世情小说的故事环境多设置于私家的园林庭院之中,这一环境具体而微,创作者多着力细化这一环境,其曲折隐蔽的形态构造使得情节的进行呈现出片段性,人物的活动内容被细致如画卷般展开,读者的视角被繁多的画面和场景调动,如游览者游园般步步为景,目不暇接。这里似乎失去了贯穿整个故事的主线,故事主题也呈现出多元性特点。对于如此一篇内容驳杂、情节复杂、人物众多、篇幅浩瀚的长篇世情巨制,作者是不可能做到由单一主题自始至终地贯穿其中的。正如李鹏飞所说的:像对于《红楼梦》这样的代表着古代小说最高艺术成就的典范之作,不管我们将其主题概括到何等抽象简明的程度,或者具体到何等广阔细致的程度,都绝对无法将其所包含的丰富内涵统一到某一个单纯的主题上去，即使勉强做了，也是很难得到广泛认同的。而从读者的角度来讲，不同读者会根据自身的素质条件做出不同的解读。明代东吴弄珠客在《金瓶梅·序》中道出：读《金瓶梅》而生怜悯心者，菩萨也；生畏惧心者，君子也；生欢喜心者，小人也；生效法心者，乃禽兽耳。说明不同的群体对同一部作品有不同的理解。叙事主题的多元化是世情小说普遍存在的一个特征，与之密切相关的是其叙事环境背景的复杂形态，园林充当了世情小说叙事的主要背景。园林本身蕴含了多重文化形态：伦理与情感、理性与诗性……这些形态差异较大，却共存于园林这一空间之中，从而促使创作者生发出不同的思维调式，在这种情况下创作的作品很难保证主题的单一不变。《林兰香》的主题表达就是这样一个过程。从一开始由表现燕梦卿的才德之美、举止之善，到后来"五美一夫"聚齐，开始了新的家庭伦理及人物关系，创作者着力表现了其对这一家庭模式（即封建制度下的家庭模式）的向往，随着男主人公耿朗征战沙场，主题偏向了对才子的忠义之行，报国杀敌之举的赞颂。此作品的叙事环境由燕府、林府等集中到耿府，再由耿府转移到敌场前线，最终又回到耿府。叙事背景和环境的巨大差异，使得作品的叙事焦点难以集中，从而导致了主题表达的不统一。

世情小说的叙事空间多集中在以一个家族为中心的园林庭院之内，这往往是一个雅致并带有一定理想色彩的世界与纷繁礼俗的市井空间有所差异。以园林为主要环境的世情小说具有家族的特性,因而这样的题材具有写实性、隐喻性和强烈的时代感。这种类型的作品容易分散读者的注意力,一些读者专注于对故事事件和人物形象,一些读者关注于其中的艺术幻象及其特色,总之读者会根据自身经验的不同而进行关注。

三、园林文化下的人物塑造

明清时期,小说家从园林空间中接受了创造艺术空间的思维意识,使小说这门"时间艺术"向"空间艺术"迈进。小说家在艺术构思中兼顾时间的纵向发展和空间的横向展开,注重以环境和场景的充分展现来完成故事情节的铺叙和人物性格的塑造。

世情小说中的人物多为市民阶层或封建家族中的人员,可谓角色众多,代表范围较广。世情小说脱胎于市人话本,携带着浓浓的市民气息,所述之人皆能在现实社会中找到身影。如《金瓶梅》中的西门庆就是明末时期不折不扣的财主暴发户形象,《歧路灯》中的谭邵闻则为纨绔子弟的代表,这里有世俗功利的市井小民,有卖弄风雅的伪名士,有恪守礼法的老乡绅,有热情奔放的男女才俊,这些人物集中在一起构成了社会众生的一个缩影。因而世情小说中的人物形象和个性内涵多带有时代和阶层的印记。一般来说,人物性格所包含的时代内容越丰富,人物塑造就会越成功。世情小说中的人物性格可谓是当时的典型代表,因而其人物性格较之其他类型的小说,更具丰富性和典型性。在世情小说中,园林文化充斥着作品的每个角落,因而对作品人物的塑造也有着较为深广的影响。正如陈维昭所说的:中国古典小说完全是在民族文化的土壤中长成的,面对这样文化底蕴十分丰厚的古典小说,简单的反映论是没有能力去阐释它的。这样,我们不得不在民族文化的层面上来考察中国古典小说的人物塑造。[1]小说的背景(特别是地点)具有"空间的实在感"和"故事的确定性",功能基础是建立在人与环境是密不可分这一原理之上的。人与环境的关系历来为人们所重视。在众多的研究领域中,一些人侧重于人对环境的塑造作用,而另一些人强调环境对人的塑造作用。前者有如"人定胜天"的说法,后者如"息土之民"和"环境决定论"的说法,而实际上人与环境的相互作用才是根本的结论。因此,故事环境作为构成故事中的一个重要组成部分,体现在小说人物的塑造中。

由于世情小说中众多的园林庭院背景,园林文化意蕴与许多人物形象内蕴有一定的关联。从作品中人物的姓名说起,人物的姓名往往暗含其形象特征或预示着人物的命运趋向。世情小说中的许多人物,尤其是女性人物都是以

---

① 陈维昭《明清小说人物塑造的基本模式》,《明清小说研究》,1989年第4期,第21页。

园林中的花木或摆设命名。如《金瓶梅》中的李瓶儿，作者在她出场后特意交代了她名字的来历，双鱼瓶为人们日常钟爱的室内摆设，运用到名字上从一个侧面说明了人们对室内摆设的喜爱。张竹坡在《金瓶梅寓意说》中对这一名字进行了解读：瓶因庆生也，盖云贪欲嗜恶，百骸枯尽，瓶之罄矣。特撰出瓶儿，直令千古风流人同声一哭。①李瓶儿的去世带来了西门家的衰败：瓶与屏通，窥春必于隙底。屏号芙蓉，玩赏芙蓉亭，盖为瓶儿插笋，芙蓉栽以正月，冶艳于中秋，摇落于九月，故瓶儿必生于九月十五，嫁以八月廿五，后病必于重阳，死以十月，总是《芙蓉谱》内时候。②张竹坡同样解读了春梅这一名字的寓意：至于梅，又因瓶而生。何则？瓶里梅花，春光无几，瓶罄喻骨髓暗枯，瓶梅又喻衰枯在即。梅雪不相上下，故春梅宠而雪娥辱，春梅正位而雪娥愈辱。③盖言虽是一枝梅花，春光烂漫，确实金瓶内养之者。夫即根依土石，枝撼烟云，其开花时，亦为日有限，转眼又黄鹤玉笛之悲。④春梅是一枝瓶里梅花，虽然有一时春光，但是毕竟时日有限，随着瓶儿之死，这枝梅花最终也会枯竭

①（明）兰陵笑笑生著、（清）张道深评《金瓶梅》，济南：齐鲁书社1991年版，第13页。

②（明）兰陵笑笑生著、（清）张道深评《金瓶梅》，济南：齐鲁书社1991年版，第13页。

③（明）兰陵笑笑生著、（清）张道深评《金瓶梅》，济南：齐鲁书社1991年版，第13页。

④（明）兰陵笑笑生著、（清）张道深评《金瓶梅》，济南：齐鲁书社1991年版，第13页。

的。这就暗含着春梅的命运,虽然春梅在西门庆死后嫁到周府做了夫人,过上了风光日子,但时日不长,她最终还是因淫欲过度而亡。而"梅雪不相上下",暗示了春梅与雪娥之间的矛盾,这就为后文的"潘金莲激打孙雪娥""雪娥受辱守备府"乃至最后雪娥被卖到酒店为妓女埋下了伏笔。这些人物与园林的物象紧密相连,不只是在名称上相仿,在性格和内蕴上也有一定的关联,这源于"比德于物"的思维。

再如《红楼梦》,更是以众花卉作为人物命运和性格的象征。香菱是一朵柔弱的菱花,漂在水面之上,没有固定的根系,随着水流波浪四处飘荡,最终有一天飘逝而去。探春的别号为"蕉下客",其人似一片芭蕉叶,胸怀就如秋天的天空那般高爽明净,"烟霞闲骨格,泉石野生涯"就是她本人品性的写照。林黛玉在拈花名中抽到的是一支芙蓉,正是她如水般清澈的灵魂的写照:她倔强而叛逆的个性,藐视世俗,如不食人间烟火的仙子一般穿梭于众女孩间。水芙蓉风清玉露,是人间仙品,黛玉就是这朵不同凡俗的奇葩。作者常常用园林中花木的性质来暗示人物的命运,这种暗示常常以诗词的形式频频出现。如《红楼梦》六十二回,群芳开夜宴,宝玉用唐代郑谷《题邸间壁》中"敲断玉钗红烛冷"诗句,射宝钗提出的"玉"字覆。六十三回,李纨抽"花名签",抽出签上画着一枝老梅,写着"霜晓寒姿"四字,旧诗为"竹篱茅舍自甘心"。湘云抽出海棠签,诗云:"只恐夜深花睡去。"袭人抽的是桃花上题"武陵别景",旧诗曰:"桃红又见一年春。"第七十回，众人填柳絮词，薛宝钗的"好风凭借力，送我上青云"。第七十六回，凹晶馆联诗，黛玉的"冷月葬花魂"。这些与判词属于同一类具象性质，借前人古诗中的意象，或物的时空影像，预示人物命运。

园林文化与人物形象内涵之间的关系还表现在创作者以园中景致来塑造人，将人物内在的性格气质外化于园林环境之中。自屈原的《离骚》以"香草美人"为意象组合起，这一意象的组合便被文人们应用到各个类型的文学作品中。在世情小说中，这种运用更为广泛，如通过写人物所居的环境，来体现所写之人的性格。这一点在《林兰香》和《红楼梦》中人物形象刻画时运用较多，已经不仅仅是理念的符号。《林兰香》对这一塑造人物的技法已有所应用，如写众人的居室环境：

> 梦卿所居正房五间，中三间为起坐之所。西里屋为寝室，倚西墙设床一座，余处各设什用等物。床北有小门通北套间，北套间为静室，里面茗碗香炉花瓶书案。玉轴盈箱，牙签满架。东里屋亦为寝室，南窗下火炕一铺，北墙边设大柜二顶。柜旁一小门通东套间，东套间为妆室，近窗设方桌一张，卧椅一具，其余香奁镜奁衣架盆架无一不备。东墙边亦设大柜二顶，至中三间内，除中一间设有屏风大床外，其西一间靠西墙一带设大柜四顶，北边一小门通西里屋。其东一

间靠东墙一带设长木案一条，北边一小门通东里屋。又东一间北檐外接连庑座，另套出小屋一楹，内设皮木等箱二十四个，乃耿朗来东一所时，春畹等退卧之所。其屏风前大床，即令上宿妇女睡卧。大约五院内的富丽不相上下，若论到位置得法，富而不俗，丽而雅净者，则梦卿爱娘房内为第一，云屏为第二，彩云为第三，香儿为第四。

以理想品格化身的燕梦卿的居室为首，其余众人按照其品格高低依次居下。燕梦卿的形象尽管有不少仍是理念的符号，却仍不乏人格魅力。如果说《林兰香》已经是熟练地掌握这种塑造人物技巧的话，《红楼梦》则更是将这种技巧运用得炉火纯青。大观园是众女儿的聚集之地，是众多性格的集合之处，各个庭院以人为据点，分散开来。贾宝玉与怡红院的花红柳绿，林黛玉与潇湘馆的脱俗轻灵：

粉垣修舍，游廊曲折，小溪石甫，梨花芭蕉，格局小巧，布置别致，一缕幽香从碧纱窗中飘逸而出。

薛宝钗与蘅芜苑的冷香素朴：

卧室如同雪洞一般，一色玩器全无，案上只有一个土定，瓶中供着数枝菊花，并两部书，茶杯茶瓯而已。

园景与室内陈设与人物性格特征相互映照，相得益彰。

通过园林来表现人物的性格特征还表现在于园林活动中对人物的塑造。世情小说中的故事环境多于自家庭院或寺庙园林之中，其活动无非为家族聚会、祭祖过寿、日常游玩。将众人聚在一起，通过逐一描述人物的行为，体现出人物间的差异，无形中起到了一种比照作用。但由于人物的生活环境、出身、经历、教养、爱好、遭遇等条件的不同，他们每个人之间都存在着一定的差异和区别。《林兰香》中作者一直在反复强调外界环境对人的品性的影响，将官宦书香世家出身的燕梦卿塑造得温婉端庄、从容得体，将商家财主出身的任香儿塑造得精明险恶。

世情小说中的女性人物往往具有一种写意式的诗性之美。人物的诗性之美也是通过园林这一环境来表现的，由于传统以来的意趣意识，小说创作者往往把注意力放在人物和事件方面，从而使得故事背景和生活场景淡化而减省，呈现出一种虚无的形态。这一点源于戏曲表演的虚实思维。中国小说中的景物常常是透过人物的视线表现出来的，是叙事中的点缀。传统小说不善于长篇大幅地描写场景，往往透过某个人物的眼睛和主观意识去体现属于那个人物的审美和观感。由于人物主观情感强弱和审美品位的高低不同，这些场景的表现详略浓淡各有不同。世情小说中的空间有一种连绵不断之感，围绕着人和事，时时都会出现，空间与人物和事件互相渗透，最终融成一个统一整体，因而小说的空间场景具有一种空间美和诗意美，并具有一定的空泛性和符号特征。除去人物本身所携有的世俗形象和性格外,世情小说中的人物内蕴有着不同于其他类型小说的特点,那就是超越时代和阶层印记的,嵌合着人类共同倾心的人性之美,如《红楼梦》中众女子的形象内蕴。《红楼梦》描绘所向往的善美的人性,是现实的人性向理想境界的升华,带有浓重的理想色彩。创作者以包含着现实内核而又是非现实的艺术形象、矛盾冲突作为这种人性的载体,这就使载体和对象达到了高度的适应,载体不仅为对象所选择,而又从各个方面强化着对象的美感。这些人物的内蕴之美渗透到整个作品中,甚至代表了整个作品的美学风貌。即使是作品中并不美好的人物,在园林的环境下总能体现出其较为美好的内蕴来。如《金瓶梅》中潘金莲在雪夜弹琵琶,就构建了一个让读者为之神往的场景。

第三章 园林视域下的世情长篇叙事

第二节　园林空间下的叙事美学与叙事节奏

叙事学作为一门新学科,20世纪60年代末由茨维坦·托多洛夫首次提出。在接下来的半个多世纪,这门学科广受瞩目,获得了较为迅速的发展,成为小说理论界的一个新成员。世情小说中特殊的叙事环境呈现出特别的叙事美学与节奏。

一、园林空间下的叙事美学

世情小说中的园林之美与小说作品内容之美交融在一起,共同构成了世情小说的叙事美学风格。这两种艺术与风格的交融常常是以对立互补的形式显现的。我国的阴阳观念很早就渗透到文学作品的审美和创作当中,这是一组对立辩证的思维模式。对偶之美也是中国文学较为明显的特色之一,不仅仅是在格律齐整的韵文作品中,有的小说、戏曲等也同样存在着这一结构美学。《文心雕龙》在早期的文学评论中暗示了对偶的中心地位:造化赋形,支体必双,神理为用,事不孤立。夫心生文辞,运裁百虑,高下相须,自然成对。空海的《文境秘府论》称凡未持续运用对偶的篇章,皆不足以称之为"文"。钱锺书在《管锥编》中表达了类似的看法。可见,对偶形式在我国古代文学审美观中是普遍现象,形成了一种固定的模式。

园林艺术与小说艺术从宏观上来看属于两种形式相对的艺术类型。园林是空间的艺术,着重于对空间艺术的延展;小说是时间的艺术,体现为一种线性的流变。小说与园林虽分属不同的艺术领域,却共同拥有文化积淀背景和传统的心理影响,故而两者在美学历程上存在着交叉和互融。两种不同风格甚至截然相反的艺术类型结合在一起时,在交织与碰撞中生发了一番别样的美学风格。两种对立的美学风格共同存在于同一作品中,形成一种对立之美,本质上是一种突破:以空间性的艺术形式来打破时间性的线性叙事。从读者的角度来看,能够将叙事暂时中断,调动情感的变化。之所以能够以园林空间艺术来填充小说这一时间艺术,是因为世情小说作者对作品环境意境和人物形象的重视与追求,是创作者对故事情节之外的要素之美的一种向往。因而在世情小说与园林之间存在着一系列的对立特点。

1.世情之真与园林之幻的交织

"真与幻"是中国古代小说评点常常出现的一组词语。《三遂平妖传》"叙"中说:小说家以真为正,以幻为奇。世情小说中亦是如此。关于"真与幻"的讨论更多是集中在故事内容的"实写"与"虚写"的辩证关系上。创作者巧妙地运用虚实相间的叙事方法，评点者能准确而深刻地对之进行理解。如谢肇淛评曰："凡为小说及杂剧戏文，须是虚实相半，方为游戏三昧之笔，亦要景情造极而止，不必问其有无也。"①《女仙外史》第九十八回回末总评："《外史》之妙，妙在有无相因，虚实相生。故其行文，在乎虚虚实实，有有无无，似虚似实之间，非有非无之际，盖此老所独得。"②在中国传统小说的评论中还出现过许多与"幻"相关的术语：幻文、幻笔、幻境……金圣叹、张竹坡等对"幻"字做了充分的阐释："稗官者，寓言也。其假捏一人，幻造一事，虽为风影之谈，亦必依山点石，借海扬波。"③"依山点石，借海扬波"，"山"与"石"，"海"与"波"，都是现实生活与小说故事之间的关系，是指作者依照真实的生活经验和事件来虚拟构建一个相近的世界来观照现实的世界。这里的"幻"是一种艺术手段，通过对人物形象和故事情节的艺术夸张，使得作品具有突出的审美魅力和典型的寓意。除了故事内容之外，"真与幻"，"虚与实"，还体现在人物塑造的技法中，张竹坡在评点《金瓶梅》时，将实写和影写、遥写作为一组对立之词："写春梅，用影写法，写瓶儿，用遥写法；写金莲，用实写法。然一部《金瓶》，至春梅不垂别泪时，总用影写，金莲总用实写

① (明)谢肇淛：《五杂俎》，载《明代笔记小说大观》，上海：上海古籍出版社，2005年版，第1829页。

② 吕熊《女仙外史》，天津：百花文艺出版社，1985年版，第1070-1071页。

③ (明)兰陵笑笑生著、(清)张道深评：《金瓶梅》，济南：齐鲁书社，1991年版，第13页。

也。"①此类真幻、虚实的塑造手法在《红楼梦》等作品中常被用到。

我们讨论的"真与幻"不同于传统小说评论中的范畴。这里的"真",是指世情小说中的环境背景之真和风土民情之真,这是世情小说的突出特点之一。世情小说一改历史神魔小说演绎帝王将相、英雄好汉、神仙鬼怪等脱离人间生活常态的人物形象,将目光投向现实的生活,真正实现了通俗小说反映现实的特点,同时在开掘现实生活的同时,开辟了世情小说广阔的创作天地,显著提升了通俗小说的品质。世情小说真正做到了"极摹人情世态之歧,备写悲欢离合之致"。这类反映生活之真的世情类作品有其产生的社会文化背景。明中叶以来,伴随着商品经济的发展,经济逐渐繁荣,资本主义开始萌芽,市民阶层急剧增长。市民阶层的扩大,带来了市民文学的兴旺,一些带有市民色彩、反映市民生活的通俗戏曲小说作品涌现出来。从文学理论的角度来看,"尚真"的主张逐渐丰富。从明中叶沈德符的"描真"、公安派的"物真则贵",到明后期冯梦龙的"事真"、笑花主人的"真奇"出于"庸常",到清初张竹坡的"真有其事",到清中叶李绿园要求"说部"表现"本来面目"和曹雪芹主张"按迹循踪",现实主义文学理论的确立为世情小说的兴起和繁荣做了理论的准备。而艺术各部门的发展也对世情小说起了推

---

① (明)兰陵笑笑生著、(清)张道深评:《金瓶梅》,济南:齐鲁书社,1991年版,第13页。

波助澜的作用，戏曲、绣像画、印刷业等艺术的兴盛间接地影响着它的阵容，从而在明中叶到清中叶，涌现出了数以百计的世情小说，从长篇到短篇，从独立创作到仿作，这些作品以精妙的布局结构和表现技巧，向世人展现了真实而广阔的生活画面。

当然世情之真不能理解为文本的故事在现实中实有其事。世情小说之所以被称之为小说，而不是"世情史"和"世情笔记"，是因为在现实事件和故事的基础上进行了一番演绎。世情之真是专指世情小说的特性，即不同于神魔小说和历史小说的虚幻而更接近于现实生活的真实品格。如《金瓶梅》中的人物和事件多是虚构的，属"风影之谈"，但这虚构的人与事反映着真实的现实生活体验。张竹坡肯定《金瓶梅》的写实成就，说：读之似有一人执笔在清河县前，西门家里，大大小小，前前后后，碟儿碗儿，一一记之，似乎真有实事，不敢谓为操笔伸纸作出来的。因此，世情小说的真，是指艺术之真，这种"真"合乎社会生活的逻辑、合乎人间的情理，体现当时的社会风貌，是一种"写实性虚构"：一方面必须合乎社会生活的逻辑，合乎情理；另一方面不能运用史笔一一实录，创作者依照自己的生活体验对现实素材进行艺术处理，使其符合艺术真实，具有一定的审美性。

园林之幻表现在园林的非写实特点上。世情小说中园林毕竟不同于现实中的园林，它是靠文字语言材料建构而来的。作者在营造心中的这一理想之地时，必然会附加一些内心的想象,在现实构造的基础上进行适当的夸张与雕饰。一系列类似于仙岛琼台、桃源仙境的场所展现在读者面前,逃离了人间世俗的真实之感。明清小说如《西游记》《绿野仙踪》等作品,皆存有对异域风光、灵山仙域、魔幻梦境等境界的具体描绘。又如《聊斋志异》中《海公子》的荒岛美景、《安期岛》的佳境沸泉、《罗刹海市》的异域风情,《红楼梦》中的太虚幻境,都得到逼真而富有传奇色彩的勾勒书写。在园林这一物象当中,创作者绝妙的艺术虚构和想象力得到了充分的发挥,其最终目的是要勾勒出自己的理想净土。在《红楼梦》里,真假、虚实、色空、存在与虚无的对应是"大观园"和"太虚幻境"的映射。"大观园"在小说《红楼梦》中是为贾妃元春省亲修的别墅。"大观"的得名源于元春游览后题的诗句:"衔山抱水建来精,多少工夫筑始成。天上人间诸景备,芳园应赐大观名。"而"太虚幻境"则为警幻仙子所居"离恨天之上,灌愁海之中"的仙境。"太虚幻境",谓世间万物(包括人)皆由太虚之处幻化而来。"大观"一词引申义为宏远之观察、全貌的观察或盛大壮观的景象,形容事物的美好繁多;或谓规模宏大,内容齐备。"太虚"谓空寂玄奥之境。"大观"可以看作"眼见"之"色"的极限,它的虚无幻灭象征了对万物存在真实的怀疑。小说中以高超的纪实手法记述了大观园中的景物生动、人物鲜活,其用意正在于说明"眼见"之"大观"愈真愈好,及至其末世毁灭,存在的真实愈发可疑。《红楼梦》第五回从宝玉的眼中呈现出大观园的姿态:"朱兰白石,绿树清溪,人迹希逢,飞尘不到",一幅迥异于人间俗世的仙境圣地呈现开来。园林的幻美表现在景物的高远隐约、似有若无、如轻烟如雾霭的迷离之境,作品中呈现出来的那种情景交融、虚实相生、充满活力、韵味无穷的诗意空间,是司空图所说的"脱有形似,握手已违"的难以企及之美,是指朦胧缥缈的梦中幻境、空妄虚无的精神状态。如《红楼梦》太虚幻境似有若无、飘忽不定的形态,大观园的美又似乎带有超脱尘世的仙境之美。《蜃楼志》以蜃楼的意象为题,重在以海市蜃楼的虚幻来比喻浮华的人生。《镜花缘》作为清代中期一部较为杰出的"仿红"之作,可以归入世情小说。《镜花缘》作者李汝珍以大胆奇特的想象、神奇怪诞的艺术笔法、深厚渊博的学识,创作了这样一部广为流传的作品。当然,由于其中塑造的人物形象较为单薄,后几十回叙事乏味,影响了这部书的艺术价值,但我们还是认为,这部书对清朝的文化做了一次全面的总结。《镜花缘》在布局上模仿《山海经》《神异经》等题材构造,在秉承这一遗绪的过程中融有新的取舍,融入新的理念以表达思想、显示才学是作者的创作旨归。前五十回曲折有趣的故事情节,天方夜谭似的人文地理景观,神奇怪诞的异鸟灵兽,成为全书的艺术精华。后几十回故事情节趋于平淡,但是作者大胆展示自己的学识,故意这样安排。从文学的艺术价值来讲,太多有关知识性的乏味论断成为此书的败笔;然而从文化的角度来看,很好地保留了清代鼎盛时期的人文景观,为清代文化的展现提供了材料。《镜花缘》中反映的世界可谓光怪陆离、气象万千，集万千空间于一身。这些幻化的空间，无论是从规模方面还是从数量方面，都超越了之前的作品。因而《镜花缘》一书尽管内容驳杂，作者呈才炫技之处却随处可见，但这里对一些空间的设计是令人惊叹的。从书名可知，"镜花水月"之寓意统领着整个主旨。《镜花缘》中很多叙事单元，都笼罩在镜光之下，叠影层层，所叙之人多以幻相、变相出现，而其本相掩映其中。李汝珍在小说结束时自赞：镜光能照真才子，花样全翻旧稗官。作者其实是借助了一系列园林以及异域风光来设计镜里镜外的叙事结构。

人们对于幻之美是心驰神往的。幻美之所以具有特殊魅力，引发人们无限的美感，在于它的未定性和自由性的特质。首先幻美是若隐若现、飘忽不定的，是一种未定的神秘之美。用伊泽尔和尧斯的话说，就是这种"未定性"能够"召唤结构"，又会在审美主体的"期待视野"中生发无限丰富的"意义和效果"，唤起审美主体的无穷联想，产生特殊的审美效应。从审美主体的审美活动方面来看，审美主体的审美活动在本质上是一种自由的、创造性的想象活动，是理性和情感相融合的精神体验，它是一种沉醉、一种神往、一种想象、一种精神追寻，它总是不断地突破有限而进入无限，从实象而进入虚像，从实境而进入意境。审美本质上是从有限向无限的超越，情感由现实向理想境界升华。幻美的情思使读者由有限的实境进入无限的幻象，将真实与虚幻化为一身，融为一体，从而得到一种难以形容的至乐之美。"幻"是无实体性的，所呈现的是假象，与真相相对而言。我国古代哲学强调万事万物的变化，"变"是一种不确定性，象征一种幻象，变与幻常常组合在一起，由之联系到人生，认为生命历程本身就是一个不断变化的过程。中国美学追求一种镜花水月和缥缈无痕之美。明代祁彪佳曾作《寓山注》："昔季女有宛转环，丹崖白水，宛然在焉，握之而寝，则梦游其间。即有名山大川之胜，珍木、奇禽、琼楼……"这是对园林之幻的审美特色的具体概括。方士庶在《天慵庵随笔》中说："山川草木，造化自然，此实境也。因心造景，以手运心，此虚静也。虚而为实，是在笔墨有无间。"对于一种境界的塑造，必须是实与幻相间的，实境是作品的外在形式，幻境是作品艺术之升华，是艺术作品的灵魂。但幻境不能凭空臆造，必须以实境为载体，并落实到实境的具体描绘上。

真与幻在结合与冲撞中能够迸发出鲜活的美感，这正是园林与小说结合的奇妙效果。园林之幻与世情之真不仅仅是一种穿插和交织的关系，两者还存在着渗透与交融的关系，最终形成了真中有幻、幻中有真的审美享受，给读者一种未知的飘忽不定之美。园林之幻是世情之真的大背景下的一种调味剂，为平实无奇的日常叙事点缀打扮。而小说中的审美情感从幻中生发而出，园林之幻只能作为小说之真的辅助之笔,所占篇幅不宜过多,超过一定限度的幻笔是令人生厌的。因而幻的最高境界即以幻为真。

2.世情之俗与园林之雅的对抗

"雅"与"俗"是中国传统观念中常用的批评话语。雅俗的范围可以涉及政治、文化、美学、思想等多个领域。正如《雅论与雅俗之辨》一书开头所总结的那样:"中国美学一方面主张隆雅重雅,崇雅尊雅,以雅为美,褒雅贬俗,尚雅卑俗,把'雅正'之境作为最高审美追求;另一方面则主张以俗为雅,以俗归雅,以俗为美,化俗为雅,借俗写雅,沿俗归雅,雅俗并陈,雅俗相通,雅俗互映,雅不避俗,俗不伤雅。"①一般认为,我国古代小说艺术存在雅、俗对立,呈现出雅少俗多的局面。

通俗是小说的基本形态,也是小说艺术的本质特征。世俗化更是世情小说的一个主要特征,世情小说以其真实刻画生活画面的表现手法,将生活之俗和世态之俗表现得淋漓尽致,无论在内容题材上还是在语言表达上都呈现出通俗化和市井化的特点。世情小说盛行于明代中后期的市民阶层之中,并成为市民文化的一种主要艺术形态。由于审美鉴赏的社会群体发生了质的变化,于是约定俗成的小说内容表现形式和艺术趣味的社会文化心理,将由贵族、士

---

① 曹顺庆、李天道《雅论与雅俗之辨》,南昌:花洲文艺出版社,2009年版,第2页。

人审美心理的文化结构转移为以市民观点为审美主体的文化欲求，由此便导致了人们对小说审美的转型。与此同时，一些文人作家也开始摆脱清高、附庸风雅的士人意识，踟蹰于街巷，体验世情，将平民的人情世态纳入人物形象塑造的视野内。这种社会文化环境的转移，意味着文人作家固有的审美心态、形象思维受到了市民审美情趣的冲击。审美思维呈现从贵族化向平民化转变的态势，俗的势头呈现出来，表现在多个方面：文本语言之俗、主旨寓意之俗、人物世态之俗等。欣欣子评价《金瓶梅》："寄意于世俗。"有人曾做了这样的解释："将陋习编为万世之戒，自常人之夫妇，以及僧道尼番、医巫星相、卜术乐人、歌妓杂剧之徒，自买卖以及水陆诸物，自服用器皿以及谑浪笑谈，于僻偶琐屑毫无遗漏，其周详备全如亲身眼前熟视历经之彰也，诚可谓是书于四奇书之尤奇者矣。"这是针对《金瓶梅》的，同样适用于世情类小说。世情小说之俗，首先体现在人物角色上。涉及的角色在社会阶层上多属于普通的市民，人物的言语行为，多脱离不了市井俗人的面目。而真正决定世情小说之俗的并非只是此类世俗人物，更突出的是叙事世俗之事，刻绘世俗之境，即所叙之事和所绘之境都是人们日常所能见到的，甚至亲身经历过的。因而世情小说的俗的另一种体现便是人物的心理和情感上的真实表述。世情即人情，世情小说独有描述真性情的特点。

　　"雅"作为"俗"的对立面，具有着与俗相对应的审美品格。雅者,正也,言王政之所由废兴也。政有小大,故有《小雅》,有《大雅》。①郑玄《周礼·注》亦云:"雅,正也,古今之正者,以为后世法。"②可见,"雅"最早与"正"联系在一起,经过后来宋明理学家细致的理欲之辨,关于雅俗的本质及标准的问题迎刃而解。明清时期,尤其是清代,人们(特别是士人)的生活方式并非只有"俗",而是"俗"中求"雅"、"雅"中见"俗",即既俗又雅。他们的生活态度常常反映出他们的艺术态度,他们的生活常常和艺术统一在一起,出世也罢,入世也罢,关键是审美,审美的艺术与审美的人生有机统一。现在我们将"雅"的焦点聚集在世情小说的环境场景构建上,认为园林场景是世情小说典型的场景之一,是一种"雅"的存在形式。《金瓶梅》首次把小说的镜头倾力对向普通人的日常生活,从而真正开启了中国世情小说叙事的大门。《金瓶梅》中的男主角西门庆当然不是伟人,不是英雄,虽然有财有势,但在现实生活中这种类型的人物并不显眼,他身边的潘金莲等女性更是生活中的平常角色,都一样在酒色财气中挣扎和沉浮。《金瓶梅》所描绘的世俗生活可以等同于普通民众所生活的世界,《金瓶梅》就是芸芸众生真实生活的写照,这样的日常叙事真正触及社会及人性的深处与本质,成为世俗的一面镜子。《金瓶梅》作者安置了一座雅致的花园作为背景,并且不止一次地修缮和扩建它,将其

---

① 郭绍虞主编《中国历代文论选》(一),上海:上海古籍出版社,1979年版,第63页。

② 阮元《十三经注疏》,北京:中华书局,1980年版,第796页。

以较为美好的姿态呈现在读者面前。甚至在一些粗俗不堪的事件中，也不忘穿插雅致美好的场景，如潘金莲雪夜弄琵琶一段，西门庆雪夜思念李瓶儿一景，场景极为清雅脱俗，文人的烟霞寄傲之情、诗情画意之感充斥其间。然而我们将这些场景与原本人物形象和整个作品的基调相比较，就会发现这种园林场景的雅化与人物形象和作品基调是极不相符的，甚至有一种明显的反差。我们将这种雅化理解为文人生活的惯性的蔓延，在《金瓶梅》中体现出了这种手法的不成熟一面。如果说《金瓶梅》因技法的不成熟而将俗雅牵强组合的话，《红楼梦》则以高妙的技法将俗雅结合得自然无痕。《红楼梦》第十一回中透过王熙凤的视角对会芳园进行了一番描绘，大观园的初始面目首次呈现出来，王熙凤看到这样的景致，禁不住观赏起来。凤姐的驻足欣赏，似乎与她不识书墨的世俗身份不相符，然而作者偏偏设计这样一幕，让如此世俗之人停留在花树楼台、溪桥林泉的精美雅致之中，给人以视觉的冲击。特别是在接下来的一幕，贾瑞如跳梁小丑般跳出来，大煞风景。作者选择这样的一俗一雅的对接，形成美学的对接。

　　世情小说的创作者的最初理想是在世俗化的故事和人性中融入一丝文人的高雅品位，在俚俗的文本中添几许"雅"音；同时，创作者的情思和文采，心中的意愿和审美理想，借助于雅化的形式得以表现，即借助园林之雅将原本离奇突兀的情节加以温情化，将原本零星的故事加以系统化，将原本世俗的情调加以理想化。明清小说雅俗兼顾,既拉近了与普通百姓的距离,又实现了"文以载道""文以弘道"的文学宗旨,不仅成为新的"一代之文学",而且在中国文学雅俗发展史上占据了重要的位置。

创作者们以俗雅之美进行碰撞,在俗世中追寻雅趣,源于特定的历史背景。与传统士人的陈义高蹈不同,明清士人瞩目世俗生活的乐趣。士人汲取日用物事作为艺术创作的素材,精妙的工艺品成为文人案头的装点物。这样的艺术审美观念,结合士农工商的频繁活动、经济物资的快速流通,遂呈现了雅俗交流的文化现象。士人与商贾、百工、艺人等频繁交游,与世俗社会的联系越来越密切,士人的生活方式与思想意识浸染了世俗气息,士人开始追求世俗享乐生活,似乎与普通市民并无差别。但源于自身的士子情怀与文人情结,士人又有别于市井商人或纨绔子弟,他们在享受逸乐生活的同时,注入了与其身份相契合的文化意味和艺术品位,特别重视生活趣味的审美提升,将感官愉悦同士人固有的古雅情怀相沟通,展现一种浸润着传统士人审美经验的清雅之趣。如在建造园林庭院之时,士人并不刻意地去追求豪奢,不争相攀比,他们追求的是"门庭雅洁,室庐清靓,亭台具旷士之怀,斋阁有幽人之致",这与传统士人的高情逸趣相同。这样的理想生活情境,既可滤去凡尘喧嚣,亦能避开世事纷扰,其幽静清逸无异于人世仙境。

"雅"的心境与审美创造了一种空间美感,将世俗的生活艺术化。因而,在日常的生活中开辟一个非世俗性的美感空间来隔离世俗,容纳自我,承载闲情雅致,这才是明清士人关注的重点所在。因而园林空间的存在,不仅仅是宴息游赏之地,而且可视为士人人格之寄寓、生命情状之投射,闲适的心境、清雅的趣味、艺术的情调无不超俗出尘,三者融合为一,最终构成了闲情雅致的人生境界。明清士人所向往、所追求的理想生活状态大抵如此。

总之,明清的士人们既最大限度地追求世俗逸乐,又尽可能地展现高雅情趣;既有雅韵亦有俗趣,又往往寓雅韵于俗趣之中,在浸润和陶冶的过程中形成一种臻于极致的雅俗合一的生活形态与文化品位,世情之俗与园林之雅的碰撞成为必然。

3.园林情欲性与寓意伦理性的碰撞

世情小说沿袭着话本小说的创作宗旨,小说中会隐约闪现一番说教,这是一种警醒人心的社会情怀,显示着创作者的社会责任感。与之同时,作品中不乏娱乐的桥段,创作者一方面打着劝惩的旗帜来使作品安身立命,另一方面不愿割舍娱情的创作心态,于是出现了劝惩与娱情并举的现象。劝惩需要对人性的光亮和黑暗面一一进行审视,娱情则需要将人性之真一一表露,来不得半点掩饰与做作。作者一方面承载着济世救民的社会责任,另一方面情不自禁地忠于自身的创作理念,醉心于所经营的那片乐土,于是劝惩说教成了挡箭牌,创作者以随俗适意的创作心态,将娱乐精神与儒家的治世精神融合在一起。

儒家思想在晚明的士大夫文化中依然占据着核心地位,然而世情小说所描写的似乎并非名副其实的儒家生活方式。诸如科举做官、本经明道的传统儒家做派,在世情小说中并没有被刻意地显露出来。然而儒家的思想观念尤其是伦理观念一直统摄着整个作品的创作。以伦理本位审美为主体框架的思维结构在小说的形象创造中,自然而然地呈现直线型思维的三个级次:强化主题意识,摹写社会与人生,营构理想人格。特别是伦理性的主旨,一直作为中国小说的最终创作价值而存在。世情小说以人们的现实生活为本位,具有较强的映射性和时代性,因而其主旨的寓意性更为强烈。

世情小说的寓意的理性特征表现为:作者坚持不懈地强调其作品的社会功能与政治教化作用。明代是一个文化大聚集的时代。以世情小说为例,它以儒家的"人格"来规劝读者大众,以道家的"仙格"来暂寄心灵,又以释家的"佛格"来做整体的统摄。其中,儒家学说是世情小说主旨寓意的主要文化构成。世情小说往往运用讽刺和暴露的手法来表现事态的炎凉与人性的美丑,主要的目的是劝世和警世,开出疗世、救世的药方,寓教于乐。当然这一目的未必是创作者的真实目的,但"劝世"实在有利于作品的生存和传播。明清之时也有不少儒家学说忠实的拥护者,如明代的冯梦龙、凌濛初、陆人龙,清代的李绿园,等等,他们的思想主张和小说的创作理念是一致的,都试图以寓教于乐的方式,以小说作品来载道、明道乃至弘道,表现方式或直露或隐晦。如《金瓶梅》处处显示着人伦的主题,以对违背人伦纲常的西门庆一家的讽刺来达到劝诫世人的目的。《金瓶梅》有着自身独特的表达方式,通过对伦理这一正常的克己心态,逆向转化为一种目无纲常、自我欲望膨胀的风尚,从而导致了人与人之间的欺诈、虚伪、放纵的混乱局面,无法修其身,自然就无法治其家,自然天下乱象。浦安迪在《明代四大奇书》中说,四大奇书广泛地反映了修心修身这一儒学的核心概念。"不齐其家",是对西门庆一家这一实例的备注,从侧面反映了自我修养的必要性。《金瓶梅》处处流露着关于"性本善"与"性本恶"的论争,"情"与"理"相冲突的场面时有发生。李绿园的《歧路灯》以"伦理范世""正人心""淳风俗"为基调,其中关于忠孝节义的价值主张,反映了李绿园作为正统道学家对于传统道德观念的普遍认同。其他世情小说也不同程度地蕴藏着共同的儒家伦理教化的底蕴。如《红楼梦》第一回中,作者在开篇道出平生经历:锦衣纨绔之时,饫甘餍肥之日,背父兄教育之恩,负师友规谈之德,以致今日一技无成、半生潦倒之罪,编述一集,以告天下人。这似乎是在以世俗的价值观来介绍此作品的来历,但之后的内容显然是彰显性灵之作。贾宝玉就是反对假道学、具备真性情的化身。

伦理的寓意不仅使作品得到了立足的保障,还得到了许多评点者的大加赞扬。张竹坡说:《金瓶梅》是一部惩人的书,故谓之戒律亦可,从教化民众的角度来对《金瓶梅》的存在进行辩解和维护,理性意义十足。清代王寅偶得《今古奇闻新编》若干卷,暇日手披目览,觉其间可惊可愕可敬可慕之事,千态万状,如蛟龙变化,不可测识,能使悲者痛哭流涕,喜者眉飞色舞,无一迁拘腐烂调,且处处引人入于忠孝节义之路,既可醒世惊人,又可以惩恶劝善,嬉笑怒骂,皆属文章。这些都是从醒世劝世的意义对作品给予了肯定。

由此可见,世情小说的伦理寓意是一张无形的大网,不仅圈定了作品的思想内蕴,也圈定了读者和评论者对其价值的认同,而作品本身则依靠这张网来安身立命。然而再强烈的传统观念,再严密的理学思想,再正统的伦理纲常,也难以压制人们对欲望和情感的追寻。随着明末社会思想和经济结构的改变,逐渐涌现出了一批敢于挑战旧制、敢于突破防线、不顾来世、只求今生享乐的人物,他们贪婪地聚集着财富,肆无忌惮地同之前束缚欲望的理念唱反调。世情小说中的园林设置,成为"庇护所"。世情小说从本质上说是"记人事"的,自然对情感关注,有家庭伦理之情、亲朋好友之情,但更多的是男女婚恋之情。

我国最早将男女情感同园林联系在一起可以追溯到《诗经》时期。《诗经·郑风·将仲子》说:"将仲子兮!无逾我园,无折我树檀。"仲子通过逾园的方式来追求爱情,在常人看来这是一种违礼的举动。仲于逾园的举动是对礼仪的一种破坏，必然要遭到礼的维护者的反对。

至唐传奇开始，其绵邈的内蕴、婉曲的情节，赋予了园林更多的灵性。《游仙窟》将发生在花园中的吟咏、射猎等情节一一道出，为男女主人公的情感发展制造场景。从此，园林成为文人们重要的精神寄托之处，他们将个体生命价值在虚幻的感性世界中张扬，把爱情生活当作理想家园，以此慰藉或失意或痛苦的心灵。

元明的戏曲赋予"花园意象"更为深刻的审美意义。《牡丹亭》中杜丽娘在姹紫嫣红开遍的小庭深院中，冲破了礼教的禁锢，开始其对青春、爱情的追寻。《墙头马上》中的花园成为公李千金和裴少俊二人爱情滋生、发展、开花、结果的主要场所。

明清小说延续着戏曲中园林的功能意象，将园林这一功能发挥到极致，最终成为男女传情不可缺少的场所。世情小说中的园林无一不孕育感性、萌生情感。世情小说发展到成熟阶段之时，更是将园林作为一种诗性意境的化身，如《红楼梦》中的大观园，始终呈现的是一种纯洁美好的圣洁之美。

在情与理的碰撞之下，创作者最终往往偏向于理性。《金瓶梅》中，作者的内心始终存有一把礼数的量尺，以这把量尺来衡量人物的行为，给予他们不同的命运安排：淫乱无度的西门庆与潘金莲，无论在世之时多么风光，都逃离不了命运的惩罚；行为本分的吴月娘和孟玉楼，安排了较为美好的结局。

总之，世情小说中的园林以翠树繁花、峰峦泉溪、亭台楼阁、画栋雕梁的美妙之境承载着人的原始欲念，园林是一种不折不扣的感性形态的化身。然而这种形态的存在并未弱化作品的教化观念和伦理意识。两者虽然有共存的时刻，创作者们也一直在寻求言志与缘情思维的平衡点，但这种双向的审美思维总有被打破的一瞬间，多数作品中园林的形象最终以幻灭的形式走到尽头，尽管文人士子们可能在花园爱情里寻找过一种与主流不同的自我意识，实际上最终还得向主流意识靠拢。

二、园林空间与叙事节奏的调控

"节奏"一词，最初是一种音乐的组成元素，是时间流程中规律性出现的强弱长短现象。小说的"叙事节奏"衍生于音乐节奏，主要表现在叙事情节的速度和叙事情感的力度两种形式上，是小说的叙事手段之一。世情小说的叙事常常给人一种细水潺潺、从容不迫的韵律感，但节奏并非是单一不变的，所谓的"文似看山不喜平"就是如此。在许多情况下世情小说的叙事节奏是由园林意象作为媒介来调控的。园林意象是一个较为复杂综合的意象群，包括假山、池水、花木等。这些意象充当了事件的引线和障碍来变换叙事的节奏。

首先是情感力度的调控。园林景物穿插在人的情感之中，随着叙事的进展，情感力度在平稳中逐步上升，最终在一系列园林意象的引发下达到高潮。如《林兰香》第五十八回，具有理想人格的燕梦卿已逝，其婢女春畹从其所居的庭院中走过，想起当年晾绣鞋挂金铃，多少情事，不觉令人心孔欲迷，眼皮发皱。接着春畹往里一看，得见西壁上灰尘细细，南窗外日影溶溶。急忙忙蜘蛛结网，慢腾腾蚂蝇依墙，春畹见此光景，不觉得一声长叹。再从东游廊绕到前边的院门之外，往里一看，但见后种的荆花，难比前时的茂盛，新栽的蕉叶，未如旧日的青葱。最终含泪难舍。从春畹的"眼皮发绉"，到"长叹"，再到"含泪"，人物的情感力度在一步步加深加重，这些都是由一系列园林意象来引发和传导的。作者透过春畹的视角将园林景物展现出来，景因人而愈凄，人因景而愈哀，同时传达了作品的情感。

再看情节速度上的调控。即园林意象对叙事速度快慢的调控。法国的热奈特在前人的基础上总结出：叙事时间与故事时间之间的非等时现象存在与否，决定着小说有没有节奏效果。即在一定的叙事时间段内发生的事件越多，表明情节速度越快，反之则慢。园林意象往往是静态地平铺的，而故事事件是突发的、灵动的。创作者常常借助园景描绘来舒缓叙事。如《红楼梦》中表现得最为明显的是自大观园建成之后，故事的叙事节奏骤然放缓。作品开始用了二十余回铺叙了从女娲补天的远古时期到如今现世，却用了洋洋洒洒六十回记录了三年的光景。作者有意将时间放慢，向读者呈现出一幅诗情画意般的作品。再如《红楼梦》第二十六回，贾芸进入大观园，正在思索手帕之事，突然无意间听到红玉与佳蕙的对话，随后宝玉派人来请贾芸，在去往宝玉处的路上又与红玉不期而遇，本来这是一个较为明快急促的叙事链条，作者偏偏在此时插入了一段园林景致：

> （贾芸）只见院内略略有几点山石，种着芭蕉，那边有两只仙鹤，在松树下剔翎。一溜回廊上吊着各色笼子，笼着仙禽异鸟……

从而将叙事速度放缓，叙事时间逐渐大于故事时间，大篇幅的景物描写使读者的注意力由贾芸与红玉之事平稳过渡到贾芸与宝玉这边来，同时借此机会道出了怡红院的全景。这些园林意象在叙事节奏上起到了缓冲作用，避开了叙事的急促感，使读者的思维暂时舒缓，神思得以畅游。消除了叙事情节连缀的紧迫感，得整体的叙事节奏明快而柔缓，从而使得整个故事节奏温情流转，如昆曲的曲调婉转悠长而充满了画面感。

总之，在明清时期，世情小说与园林艺术俱呈现出繁盛的气象，二者齐头并进，在相互渗透和影响中最终走向融合。特别是园林意识对士人精神的濡染，使之不由自主地将创作思维收缩到这一微缩空间内，在"芥子观须弥"的精神统摄下,完成了对世态人情的叙述。园林艺术对世情小说的叙事的影响表现在主旨、结构和节奏等多个方面。

三、园林空间与叙事时间

时间同空间一样,作为宇宙中万事万物发生、发展和存在的基本形式,同时也是人们感知、认识、分析事物的重要维度。在小说这一线性艺术中,时间尤为重要。时间与小说叙事紧密相连,是叙事过程中不可或缺的要素。时间作为一种艺术的重要元素,在西方文艺学中经常会被提及。研究叙事的大师如托多罗夫、热奈特等无一例外地把"时间"摆在重要的位置。如亚里士多德《诗学》中说:"悲剧是对于一个严肃、完整、有一定长度的行动的模仿。"[1]莱辛《拉奥孔》认为诗属于"全体或部分在世间中先后承续的事物"[2]。爱·摹·福斯特在《小说面面观》中将小说的故事定义为:"小说的基本面是故事,而故事是对一些按时间顺序排列的事件的叙述。"[3]

近年来,时间要素常常被我国学者提及,尤其是在小说叙事学领域,如杨义、徐岱、赵毅衡等分别在其著作中对小

---

[1] (古希腊)亚里士多德著、罗念生译《诗学》,北京:人民文学出版社,1982年版,第19页。

[2] (德)莱辛著、朱光潜译《拉奥孔》,北京:人民文学出版社,1979年版,第83页。

[3] (英)爱·摹·福斯特著、苏炳文译《小说面面观》,广州:花城出版社,1984年版,第26页。

说的叙事时间展开讨论。《中国古代小说叙事三维论》一书更是将时间作为一个分析小说叙事的角度研究。中国古典小说的叙事时间植根于中国传统文化,是在古老的哲学思维模式下表现出来的一种具有民族性和时代性的文学表现形式,更是一种"有意味的形式"。在这里我们所说的"小说时间"是指狭义角度的小说时间,专指文本的叙事时间,包括文本时间(反映在文本的篇幅上)和故事时间。通常多数研究和评论关注于小说时间的序列性。在所叙述的故事当中,时时出现几件事同时发生的情况,早在宋代话本时期就有"花开两朵,各表一枝"的说法,这是一种较为简单和原始的叙事时间处理手法,金圣叹评《水浒传》的"横云断山"法,毛宗岗评《三国志演义》的"横桥锁溪"法,张竹坡评《金瓶梅》的"夹叙他事"法,都体现了评论家对小说演述时间的直观把握。这些"断""锁""夹""穿插",并没有打乱故事的自然时序。主要故事可能由于次要故事的插入而中断,可插入一旦结束,故事又接着讲。可见中国古典小说基本还是采用连贯叙述方法,尽管时序有临时被打乱或被阻断的现象,但也只是暂时的,多数时候还是采用顺流直下的时间序列。因此陈平原说:从固守连贯叙述,到采用多种方式自由切割小说时间,是个漫长的历史进程。世情小说的叙事时间尽管也是在一个大的时序下连贯进行的,然而从整体上看依然具有区别于其他类型小说的不同特点,这些表现在作者对时间跨度的紧缩性和时刻明晰性的处理上。

1.园林梦境的超前时速

自古以来,人们习惯将时间与空间并称,如先秦的《尸子》曰:四方上下曰宇,往来古今曰宙。从横向共时和纵向历时上分别定义空间和时间。然而不同的是:空间是有形可依有迹可寻的,相比之下,时间则无法感知和触摸,其抽象性就更强一些,而对于身在其中的人们而言,无法触及和感知的事物更具神秘性和复杂性。因而在中国历史的很长的一段时间内,故事的叙事是以空间为主的,时间的符号并没有明显地显示出来。如神话中的叙事,给人们更多的印象是某一地域高山大川的方位感,而对于时间的流动和过往却一笔带过。随着小说创作技法的发展与成熟,时间的形式在文本中表现得越来越具体。以长篇白话小说来说,神魔小说的时间跨度往往最长最模糊,如《西游记》的开篇说时光流逝的飞快却给人一种无意识的流动:山中无甲子,寒尽不知年。在第四十四回中又说:兔走乌飞催昼夜,鸟啼花落自春秋。时间如水般飞逝而过,以至于不能单纯以数字来计算和衡量,因而在神魔类小说中,时间的流转是瞬间的,《封神演义》第十二回中的"乌飞兔走,瞬息光阴",就是对如梭光阴的一种涵盖。这种概括时间的方式同时说明了时间的跨度之广、所历时间之长。如《西游记》述说了千年之事,从孙悟空的大闹天宫到拜唐僧为师并跟随其去西天取经这两个事件之间就跨越了五百年的时间。再如《封神演义》，虽以武王伐纣为背景，却暗含了一个朝代的兴衰。而在历史演义小说之中关于朝代兴亡、时代变迁的记录更是常见，《三国演义》从汉末说起，一直延续到了魏晋时期。《隋唐演义》也是横跨了两个朝代。而世情小说则不同，创作者将故事时间的范围压缩到了十几年到几十年之间，所述之事在家族的三代人之内。因而在世情小说中，创作者往往使用清晰分明的时间刻度，作者往往在故事的开始就交代故事发生的朝代年号，在章节中标明季节、节气、时辰等具体的时间刻度，因而精确的时间刻度成为世情小说不可或缺的要素。时间的精确化表现在时间与事件的紧密相连之中，这是在传统诗学记事中的一个传统模式。《礼记·乐记》言：事与时并，名与功偕。郑玄为之注曰：举事在其时也。因而自古以来史学家就形成了"以事系日，以日系月，以月系时"的记录规范。可见，由于"时与事"联系的体验，使后来的叙事者形成了事与时并举的观念，进而形成了"时"与"事"相依为命的叙事传统。这样既以时间作为事物出现的条件，又通过事物让时间具体化，使读者从作品中获得具体、鲜明、真切的时间感受，强化时间观念。《金瓶梅》《红楼梦》《林兰香》中无一不是采用事与时"偕"的叙述方法，将整个故事放在大的春夏秋冬四季循环之中，再将四季相应的节气节日作为小的循环，事件细致、时间刻度清晰，周而复始。物质永恒、人之无常是人生中无可奈何的现实，社会和宇宙万物周而复始地循环着，揭示了一切现象和人事都是这样发生发展和消亡的。而在这背后是"是非成败转头空"和"人生如梦"的感慨和悲凉。而在园林空间的大背景下其时间形态亦有其特点,表现在如下方面:

在"人生如梦""如梦似幻"的人生感悟和哲理命题的背景下,文人们追寻着对梦的叙事和借助梦来叙事。园林本为一个造梦的地方。法国人类学家列维·布留尔在《原始思维》中提到:原始人尽管还弄不明白自己为什么会做梦,但是他们都相信,梦与现实生活极度相似,因此必须采用与现实相同的方法来处理梦中的一切事物。在原始宗教和万物有灵的观念背景之中,梦被认为是一种神秘的景象预示着未来的命运。在中国数千年的文学史中,"梦"始终与作品结缘。从庄周梦蝶、宋玉巫山神女之梦始,梦的意象便产生了独特魅力,幻化成为一种缥缈迷离的美感,充斥着整个文学空间。从神话到唐传奇再到后来的戏曲小说,梦在作品中的地位和作用越来越突出。从作为写作题材,到作为行文手法,文人们将梦的功能意象运用得炉火纯青。

世情小说中以梦作为题材和线索的作品比比皆是。《林兰香》中以燕梦卿之梦作为故事引线,来叙述一个家族的荣辱盛衰,另外有围绕着其他人物和事件的十余个梦。《红楼梦》更是将梦应用到文学、美学和哲学领域之中,正如陶剑平所说的:《红楼梦》既承传了中国古代文化中以"梦"作为演绎哲理和理想境界的载体以及以"梦"作为艺术手段表现思想感情、愿望理想和提出揭示人生某一课题的传统;同时又并非机械地相沿蹈袭，而是有着重大的突破与拓展，从而使文学之"梦"发生了质的变化。①《醒世姻缘传》《歧路灯》等作品皆有梦的穿插。而梦境的发生，常常在园林之内，园林在现实世界中作为一个寄存理想与梦幻之地，更是一个造梦的温床。这类作品中人物的梦境虽然荒诞迷离，但皆有寓意，这些梦境中的内容便是对日后人物命运、事态发展的提前上演，即将叙事的时间机制跨越原本的叙事层面向前迈进一个阶段。当然，这种叙事时序的提前是瞬间的、短暂的，甚至是不经意的，在读者琢磨的瞬间故事中人物醒来，一切又恢复原来的秩序。《红楼梦》中自众人进入大观园之后生发了许多梦境，第二十四回小红梦见贾芸，第三十六回宝玉梦至绛芸轩，第四十八回香菱梦中作诗，第五十六回宝玉梦入甄府见甄宝玉，第六十九回尤二姐梦见尤三姐，第七十七回宝玉梦见晴雯之死，这些梦境都较为短暂隐晦，却是对后来所发生之事的一种提示或预言。时序在这一瞬间发生跳跃，后面的时间事件以梦幻的形式穿插到日常的叙事之中，使读者在正常的时序中产生飞跃之感。再如《歧路灯》的第九回，就记录了谭孝移的一个梦境，这个梦发生在《歧路灯》中标志性的书房庭院"碧草轩"内。谭孝移梦到自己的儿子谭绍闻，也就是故事的男主人公，从院中一棵树上摔了下来，顿时气息全无，谭孝移号啕大哭。这一梦境为日

① 陶剑平《传统文化的承传与突破——论〈红楼梦〉的"梦"》，《红楼梦学刊》，1990年第2辑。

后谭绍闻在生活道路上的迷失与碧草轩日后的没落埋下的伏笔。《林兰香》中燕梦卿将死之时在其居所中所梦的场景，也是每个人物前途命运的写照。

由上观之，世情小说中的"梦境"在作品的结构上，既是有机组成部分，又是一个可以离散的部分。即使将"梦境"从中抽出，也丝毫不影响后面情节的连贯性。这与以往的记梦作品不同：之前的作品，尤其是戏曲作品，如《牡丹亭》《枕中记》等，抽掉梦境便会支离破碎，难以表达。这种效果的不同就在于时序暂时穿插的效应，这种效应在世情小说中表现得尤为突出。

2.园林下时间跨度的紧缩

徐岱于《小说叙事学》中说："时间的跨度也是一个功能手段，其实质是决定着故事的密度。一般来说，跨度越大密度可以相对变小；反之，跨度小密度就必然相应提高，而密度的大小同价值生活成正比；越是有意义的生活密度越大，反之就越小。"[1]可见，创作者对时间跨度的安排反映着作品内容价值高低。而小说中对时间跨度的表现直接体现在章回的数目和篇幅之上。世情小说中的时间跨度分配得并不均匀，往往是在园林这一美好境界中时间跨度骤然缩短，而在园林之外的世俗境界中，时间跨度骤然增加。以《红楼

---

① 徐岱《小说叙事学》，北京：中国社科院出版社，1992年版，第255页。

梦》为例,前二十一回叙述了从女娲补天的开辟鸿蒙到荣宁二府的兴旺过程,这一时间段无论是作者还是读者都是无法计量的,因为作者在开篇中就交代故事的发生时间是无朝无代,因而这个时间段就可以以"亘古久远"来概括。而自二十二回始到八十回之间,将近六十回的篇幅当中,只记录了四年的事情。自第二十二回起,众人经元春的同意共同进入大观园中,一直到八十回,虽有一些人物离开大观园走向消亡的路程,但作者的视线一直停留在这里。作者有意将园林的美好时光无限放大,让读者在其中驻足停留而忘记了时间的存在。作者尤其偏重对春夏两季的描述,这是一年之中最为美好的两个季节,好似大观园女儿们的青春活力与热情娇媚。《红楼梦》是时间跨度紧缩的经典代表,其前部分概括、后部分细述的方式符合中国人自古以来的时间表现形态。"在中国人的时间标示顺序中,总体总是先于部分,体现了他们对时间整体性的重视,他们以时间整体性呼吁着天地之道,并以天地之道赋予部分以意义。"①

园林叙事中时间跨度的紧缩不仅体现在年份上,更通过一种"共时性"时间叙述手法来表现。"共时"与"历时"相对,本为索绪尔针对语言学研究所提出的一组概念。我们采用这组概念来表示小说中时间的叙述形式。中国古代小说中对时间的处理要么采用"历时"性的手法,即将故事的

① 杨义《中国叙事学》第一卷,北京:人民文学出版社,1997年版,122页。

发展用时间的线条穿引起来,要么采用"共时"性的手法,即将时间定格,平行地展开故事叙述。采用共时性的手法能够照顾到更多的叙事空间,形成一种"场景感"。世情小说如《金瓶梅》《红楼梦》《林兰香》等都会在园林庭院中设置一定的场景,铺排其场面,这个场景的时间段集中在宴会、游戏等瞬间。《金瓶梅》中有西门庆花园赏雪的场景,但见:初如柳絮,渐似鹅毛。唰唰似数蟹行沙上,纷纷如乱琼堆砌间。但行动衣沾六出,只顷刻拂满蜂鬈。也有众人春昼打秋千的场景:月娘却教蕙莲、春梅两个相送。正是:红粉面对红粉面,玉酥肩并玉酥肩。时间就停留在动作发生的一刻,作者却交代了异常丰富的内容。再如《红楼梦》中对宝玉寿辰的叙述,宝玉恰好与平儿、宝琴、岫烟同辰,于是众人聚集在一起,上演了大观园中最为热闹的一刻。这一日主要围绕酒宴聚会取材,寿筵设在芍药栏中的红香圃内,众人聚在一起行酒令:任意取乐,呼三喝四,喊七叫八,满厅中红飞翠舞,玉动珠摇,之后以湘云的醉卧芍药圃、香菱斗草等美好图景穿插其中,大观园中青春浪漫的气息一览无余。到了夜晚,怡红院中又开夜宴,众人聚在一起占花名、喝酒、唱曲,无一不尽人生之欢。只是一日之内的事情就用了接近两回的篇幅来铺排,场面情节得到了充分展开。时间的共时性叙述在园林环境中表现频繁,不仅拉长了故事的写作时间,还压缩了故事的本事时间。

　　可见，世情小说的叙事时间还是有别于其他类型小说的叙事时间。世情小说的叙事时间形式的安排往往是借助园林这一空间形式来完成的。

第三节　园林意象下的叙事功能模式

"模式"一词通常意味着对一种规范的确立和对常态的认同。小说作为一种叙事艺术除了其自身的结构规范和认同外，还拥有创作者对其创作意图、人生经验的艺术表达模式即叙事的功能模式。徐岱先生在《小说叙事学》中把小说存在的功能模式主要分为情节、情态、情调等三种模式。其中的"情节"与"情态"模式较为相似，因此将两者并在一起进行讨论。世情小说中园林意象在众多的小说意象中是较为突出的，创作者根据现实物象营造出来诗意般温情的境界，此间蕴含着人们的情感寄托、审美体验和文化内涵。正如咸立强所说：一个场景或建筑能够成为花园意象，对于意识者或者说花园意象的聚焦者来说，首先应该是审美性的，即是在审美的而非实利的或科学的眼光下出现的存在物，有只可意会的审美特质蕴藏在内。园林意象是实际物质和精神高度地凝结、提炼和再造，使物与精神的关系既有确定的统一的表达，又可以在不同的场景中自由地变换，创造出过去的、现实的、虚幻的多重花园，可以展现多样化的意象，寄藏着隐逸的情怀和一种人性的复归。世情小说中的园林意象具有完整性和丰富性。完整性表现在园林是个意象群，是由多个意象整合而来的又具有独立意象的意象整体。

在多数作品中都会呈现出一个完整的园林意象,然后逐步凸显其中的小意象,如花溪草树、亭楼阁榭等,其意象功能也各有差异。园林意象亦是一个在文化的演进中得以不断充实和更新的审美范畴,这种历史继承的结果使得花园意象的文化蕴涵日趋丰厚,为作品增添了独特的韵致与魅力。在这曼妙多姿的园林意象下,世情小说的叙事模式表现出与其他类型小说不同的特点。

一、淡然琐碎的情节模式

情节模式是小说叙事功能模式的内容之一。"情节"一词,源于西方文学评论,最初源于亚里斯多德的《诗学》,指的是"对行动的模仿"与"对事件的安排"。这里的"行动的模仿"指的当是事件的发生,"安排"当是作者对故事事件的构造方式。福斯特在《小说面面观》中专门对"故事"和"情节"两个类似概念加以区分,他认为"故事"是按时间顺序安排的事情,而"情节"虽然也是叙述事情,但重点是放在因果关系上。传统的古典小说一直追求的是一种有较大跌宕起伏感的离奇情节,因而在传统的神魔或历史演义小说如《三国演义》《水浒传》《西游记》之类,其情节性较强,故事走势较为曲折,相对于日常事件有一种夸张的形态。因而情结的曲折性、离奇性往往是一部作品的成败关键和美学准则。相比之下,世情小说一改以往小说的创作模式,将与情节无关的大量琐事放入文本之中，如人物之间的清聊闲谈、吟诗唱和、节日宴席的铺排摆设，这些看似无用的文本材料成为世情小说具有特色的一面。而恰恰是这些将没有强烈情节的故事表现得有情致、有趣味，代表了小说创作者更为高级的叙事能力。园林意象作为当时人们日常生活的一个常用意象，成为创作者们最为喜爱的一种描述对象。对园林意象铺排的目的无非是这样几个：引发人物的出场、展现人物的形态、制造人物间的相遇、隐藏男女幽情。这些就构成了园林意象下的情节模式：亮相、邂逅、聚会、传情。如才子佳人系列作品常常以男主人公误入花园来成就男女主人公的相遇，而在纯世情类小说中一些家族聚会、众人玩赏的生活场面也常常是在园林意象下展开。如《金瓶梅》中众妻妾聚在一起宴饮、烹茶、荡秋千，《林兰香》中众女子聚在耿府花园中摔跤嬉戏，《红楼梦》中更是在大观园中上演了无数场宴饮、祭祀、对诗、游赏的场景。这些情节内容相对于其他类型小说的情节，显得琐碎而平淡。没有太多的离奇与曲折，更没有上天入地式的奇妙幻想，一切都是日常身边所能见到之事。在《金瓶梅》《醒世姻缘传》《儒林外史》《红楼梦》等世情小说作品中日常生活的细腻描写是整个作品的重要部分，并将较为突显的情节镶嵌在其中，甚至是融于其间。这样使得整个作品更加接近于生活的本然状态，一切都显得那么自然。人们对其中故事情节或者因果关系的理解呈现多样性，带来小说艺术的多元与民主，从而避免明显情节所造成的主观和独断。此种淡然琐碎情节模式的产生乃是社会生活在作品中的集中体现,更是创作者对丰富多彩的社会现象与人生经验的总结和提炼。园林意象的象征性使得叙事文本具有一定的诗意内涵,园林意象下的这些情节模式与其说是在构建故事,不如说就是一种审美诉求,对家庭生活、对婚恋爱情的模式化的幻想。

二、温情柔美的情调模式

情调常与人的情感体验相联系,情感的表达不仅是诗词更是小说主旨的一个重要组成部分。陈平原在《中国小说叙事模式的转变》中谈到:"诗骚"之影响于中国小说,则主要体现在突出作家的主观情绪,于叙事中着重言志抒情。小说作品在叙事之余,借助诗词的形式来对景物进行细致描绘、传达作者的思想情感。

小说中园林是人物表达情感的直接处所,也是引发情感的重要触媒。创作者将园林四季景象与人的精神性灵相互辉映,迸发出浓浓的诗意温情。诗人气质浓郁的创作者所深为关怀的和着力表现的,是叠印在水光花影里的人的灵性心影,是与落花流水交映的人的青春和情爱。在《驻春园外史》中,"驻春园"成为情感的生发之地,作者于开篇就写到了黄生于"驻春园"中见到女主人公云娥时的心动与爱慕,当其看到云娥出现在驻春园时"神魂飞越,如有所失"，随着进一步的接触和交往，两人的情感迅速升温，当月娥离开驻春园之时，生"一片痴情，日在楼头伫望，竟日忘餐废寝，直至累月，不见美人影响，无间可寻，心中但有郁闷而已"。这是在园中生发出来的相思之情，缠绵于整个作品叙事之中。《红楼梦》中大观园随着四季的变换，散发着浓浓的节令情调。有春日的惜花之情，宝玉于沁芳闸桥边桃花树下读《会真记》，将飘落的花瓣撒落水边。还有黛玉的葬花之悲，于花冢旁呜咽哭泣。夏日有着焦躁烦乱之情，金钏的受辱投井、宝玉的挨打都发生在这一时节，充满着夏日的激情与冲突。有秋日的诗社联诗和吃蟹赏园的清雅之趣，有冬日的万物聚集、其乐融融的家族伦理之情，如芦雪庵联诗、元宵节开夜宴的家族和乐之情。在世情小说中都有着浓浓的情调充斥其间，这种情调是创作者在对社会形态进行多方面的观照之后，对人生百态进行透视，对社会现实进行审视，在心理和情感上形成的一种投射，最终以一种充满情感化的方式来表达自己的内心活动。

因此说浓郁的情感化是世情小说的一个重要特征，是指广大作家对多种感情因素的思维表现力，通过作家对多种因素的揣摩、分析、剖示和模拟，将它们物化于小说的叙事画面之中。[1]世情小说既有现实性和生活化的特征，又不

———————

① 韩进廉《中国小说美学史》，保定：河北大学出版社，2004年版，第55页。

失情感化的交流,创作者将其对人生和社会的瞬间感悟寄存在作品之中,园林空间正是寄存情感的最佳理想之所,人物的情感冲突和心理变迁都发生在这里。

第四节　世情小说中的花园形态与情节结构

时至明清,无论是社会风尚还是社会思想的影响都使得人们具备了比以往更为丰富的社会经验,这就意味着以往传统的故事空间或者叙事空间不足以承载现有的庞大丰富的内容,园林作为一种新奇的空间进入创作者的视野。细数明清时期流行的世情类题材小说作品,无论长篇抑或短篇都会设置一座具有代表性的花园空间来作故事背景,如《金瓶梅》中的后花园,《林兰香》中的耿府花园,《红楼梦》中的大观园,《歧路灯》中的碧草轩……这些精致美妙的花园空间成就了世情小说独有的审美效应和艺术形态,之后逐步演变为一种叙事表达的需要,担当起构建情节结构的功能意义,其外在的形式表现为在情节之间粘连、阻断、重构、排列等。情节因素是小说叙事的主要组成部分,情节的建构方式决定了小说作品的审美效应和艺术形态。正如韩进廉所说的那样:小说在美学上的本体意义不是谈讲故事,而是叙述情节。如果说故事是小说的基本面,那么情节才是小说的逻辑面。①正是情节之间的逻辑组合构成了小说的美学结构。而世情小说中的情节间的逻辑组合与文中的

---

① 韩进廉《中国小说美学史》,保定:河北大学出版社,2004年版,第8页。

花园形态关系密切,也就是说,花园空间的结构性功能不仅表现在它为故事提供了行动发生的地点,更表现在随着空间的变动和转换带动了叙事模式和情节结构的改变。

一、花园的盛衰形态与情节的聚散结构

关于情节结构的模式分类,古已有之。早在古希腊时期就有人尝试为艺术、叙事以及戏剧情节结构模式作分类学的研究。俄国形式主义者什克洛夫斯基曾从文学形式角度分析过艺术作品情节分布程序的不同类型,将其概括为"阶梯式""环形构造""对比法""框架式""穿针引线式"等。国内学者胡润森秉承这一分类模式,在《戏剧情节论》一文中,先用情节分布的前景与背景为标准将情节结构模式分为三类,又以情节分布的完形程序将情节结构模式分为五类。我们以前人的分类为参考,在前人总结出的情节结构模式基础上进行细究。

首先是小说情节的聚散结构。顾名思义,以聚和散的形式作为情节的组合方式,聚为将原本零碎的情节线索通过人物的聚合而统一到一个叙述层面上来,散为将原本凝聚在一起的情节随着人物的离散而逐一分散开来,交代各自途径和归宿。此种结构形式对应文学评论中的"起结"一词。毛宗岗与金圣叹都曾用过此语。毛宗岗"起结"的论述是从时间上进行的:(三国)一书,总起总结之中,又有六起

六结……，显然这里指的是时间的开始和结束。金圣叹的"起结"的论述是从空间出发的，从《水浒传》开端结尾处的"石碣"说起：此书始于石碣，终于石碣，然所以始之终之者，必以中间石碣为提纲，此撞筹之旨也。两位评论者都从不同的角度注意到有某种媒介维系着整个故事结构，使得整部书有"大开阖"。聚散结构同时与"攒三聚五点"的评论用语相关联，如《红楼梦》第三十八回写众人吃蟹的情景：三三两两聚在一起玩乐，有的钓鱼，有的玩花，有的观鸟。脂砚斋批：看他各人各式，如画家有攒三聚五，疏疏密密，真是一幅百美图。以此突出了场景描写的视觉性，使得时间叙事转化成了空间意象的描绘，不仅凸显了叙事的空间造型，同时强调了布局的疏密有致。而在世情小说中，则是由花园这一建筑形态来维系。统观世情类的小说作品，不少作品以家族的庭院花园作为主要情节的始发点和终结点，使得故事情节围绕这个点来循环反复，最终完成整个故事的叙述。《金瓶梅》西门府中的花园就发挥着这一功能。《金瓶梅》以清河县狮子街一带为具体的环境背景，在这个原本就很具体的环境中，作者进一步把焦点集中到几所寺庙花园和西门府中的后花园中。在第一回就以玉皇庙为据点展开，我们可以理解为这是作者设置的一座寺庙花园，以西门庆要结拜兄弟为引线，将人物和事件集中在一起。应伯爵、谢希大、花子虚等十人轮番出场。作者点明了玉皇庙是一个雄峻之所，这里殿宇嵯峨，宫墙高耸……三清圣祖庄严宝相列中央……两下都是些瑶草琪花，苍松翠竹。在这里，上演了众人在神像面前的无聊调侃，作者表面上用比衬的手法来讽刺这类人的粗鄙与低俗，实际上在不知不觉间又引出了"景阳冈武松打虎"一段，紧随其后则交代了女主角潘金莲的身世来历。作者通过王婆子的口述，不紧不慢地交代西门府中每个女子的来历和地位。寺院花园成为这些情节的一个聚集点。而伴随着女主人们的一一到来，西门府后花园也开始崭露头角。西门花园的第一次出现是在第九回，张竹坡在此回评道：此回，金莲归花园内矣。须记清三间楼，一个院，一个独角门，且是无人迹到之处。记清，方许他往后读。评论者在这里提醒读者切记花园这一环境，可见作者在设置这一环境时经历了一番慎重思索。潘金莲的到来，作者为之点明"花园"。每发生一次重要事件，几乎都离不开这一环境。随着李瓶儿这一重要角色的到来，花园扩建了一番，其规模景象达到了极致，在第十九回作者借吴月娘与众妻妾游玩之际对花园形态做了一个完美的展示：当先一座门楼，四下几多台榭。假山真水，翠竹苍松。高而不尖谓之台，巍而不峻谓之榭……。作者用极为华丽的辞藻、整齐划一的句式勾画出这一繁花似锦、景象万千的西门府花园，有意将之营构成为一个富贵繁华、热闹非凡的人间乐园。花园建好之后的一段历程便是西门庆在情场得意和仕途高升的一段历程。情节集中在花园里轮番上演的一幕幕宴饮行乐的场景。这样的历程往往占据一部作品的大半篇幅。显然在《金瓶梅》中花园是众人享乐、宴饮、调情的中心点,这些活动频繁地、周而复始地进行着,作者也不厌其烦地一一道出,似乎在这个欢乐世界中永无终结。这里的花园更具有一种象征意义,同前代仙道小说中的仙乡乐土一样,集中承载着人间的欢乐与美好。继《金瓶梅》之后的另一部世情小说作品《林兰香》也同样以这种花园聚合人物的形式来组织情节,在第七回"思旧侣爱娘题壁 和新诗梦姐遗簪"中,以坟园为中心点聚集起几位主人公:宣安人、林夫人、宣爱娘要往北转,因出城太早,便在燕家坟上少息片时……一带土山,千株白杨瑟瑟。两湾秋水,万条绿藻沉沉。露润野花香,风吹黄土气。不免游看一番……此园是该作品中第一个出现的园林,也正是因为这一空间的出现,才有了后面人物和情节的聚集。爱娘题诗于此处,被燕梦卿看到,燕梦卿随之和诗一首,最终两人的诗被耿郎看到,几位人物由此而结缘,郊外的坟园成为众人物在作品中的第一个集合之地,情节自此之后开始变得丰富而集中。在此之后的另一篇巨著《红楼梦》中的大观园更是凸显了这一功能。大观园的作用实际上就是一个聚集众女儿的大舞台,作者对大观园的花园设计细微而精心,将这个"天上人间诸景备"的人间花园化作承载人们深情绵邈的情思和解之无穷的意蕴的载体,众人物在大观园中聚会、宴饮、游赏之时往往就是情节的密集多发之时。如第十七回中的"大观园试才题对额 荣国府归省庆元宵"、第三十七回"秋爽

斋偶结海棠社　蘅芜苑夜拟菊花题"、第四十九回"琉璃世界白雪红梅　脂粉香娃割腥啖膻",从回目标题可以看到人物的聚集是在花园空间内的,并且是在花园形态的鼎盛之时。由此可见,花园空间最为美好之时也正是人物与情节的集中之时。

有聚有散,情节亦然。花园空间不仅仅是一个聚集点,也同样是见证这些人物命运变迁、离散飘零的特殊物象。《金瓶梅》中的西门花园随着西门庆的暴亡和众人的离开而日渐衰落,如第九十六回"春梅游旧家池馆"一段,此时众人物多数已亡,故园呈现出"垣墙欹损,台榭歪斜⋯⋯山前怪石,遭塌毁不显嵯峨;亭内凉床,被渗漏已无框档"的衰退景象。《林兰香》第六十一回,随着众人的离去,曾经众人欢聚的小楼被付之一炬,一座画栋雕梁,变作了空阶破壁。《红楼梦》中的大观园更是以景致的变换昭示着人物与情节的离散。第七十六回"凸碧堂品笛感凄清　凹晶馆联诗悲寂寞",大观园正值深秋清冷之际,所联诗句悲凉落寞,预示着众多美好的逝去。纵观世情小说作品,花园空间的存在使得情节呈现出一个圆形的循环,一切从这里开始,一切从这里结束。故事往往是从人物聚合于花园这一奇特境界开始,伴随着情路和事态的曲折坎坷,最终又回到了原始起点,或者大团圆,或者万事皆空。因而在花园亭台草木荣衰的背后就隐含了一个家族兴衰荣败的周期:《金瓶梅》中的西门后花园贯穿了西门一家由极盛到离散的变化;《林兰香》透过耿府花园的迷幻使人悟出人生的空无;《红楼梦》中的大观园上演了一场家族的盛筵由聚到散的过程;《歧路灯》中的碧草轩完成了从主人手中流落到复归的过程。因而世情小说中的花园空间并不只是一个没有生命力的机械式的空间存在形态,它蕴含着多个哲理意味,具有造梦和警世的双重意义。将红尘迷恋者引入一个声色繁华的梦幻世界,使人们能够纵情享乐、畅快其意,然而梦终有醒,聚终有散,最终都会又回到本真的世界当中,这就是以花园为据点的情节聚散模式。这种以花园作为起结,以轮回的形式来演绎家族的盛衰,其实是一种"出发—变形—回归"的事物循环的三部曲,是对人生常态的一种演义。

二、花园空间的对称与情节的对称结构

在世情小说中,许多的花园空间是以对称的形式出现的,在这样的对称空间下演绎着对应的情节。此种对称式情节模式一如胡润森在《戏剧情节论》一文中所提到的"对称式程序",一般以主体情节分布(即"身"的两端分别缀以"头"与"尾")。情节结构的对应在明清小说中并不罕见,尤其在长篇作品中,创作者会有意或无意地安排一种对称的回目标题,体现出小说技巧的成熟,正如韩南说的:《金瓶梅》崇祯本第一回所显示的精心对称反映了中国17世纪小说更趋完善的结构形式。①对称形态的情节安排充分反映了来自外部环境的对称空间思维意识对创作者思维的一种影响,是我国文学以及一切艺术的明显特色之一。传统小说中回目的对称并非一开始就具备,早期小说多采用因文生目的创作方式,如《隋炀帝艳史·凡例》最后一则中所说的:卷分为八,回列四十,所谓未能免俗,聊复尔尔。这类的回目是根据正文而生成的,因而与正文的叙事情节安排构不成影响。而世情类小说的出现已是晚近时期,随着创作意识和观念的提升,此时期的小说创作多是采用先目后文的形式,因而目录的编排形式决定了行文的内容和结构。在世情类作品中人物与事件的联合对称形式是最为常见的形式,如《隔帘花影》中"武女客乘高兴林下结盟　文学官怜孤寡雪中送炭""南宫吉梦谈今昔事　皮员外魂断绣帘前",《金瓶梅》中"西门庆热结十弟兄　武二郎冷遇亲哥嫂""何九受贿瞒天　王婆帮闲遇雨"。随着花园这一叙事空间的引入和盛行,花园空间与事件或人物的联合对称逐渐地突显出来,如《金瓶梅》第十回"义士充配孟州道　妻妾玩赏芙蓉亭",第十三回"李瓶姐墙头密约　迎春儿隙底私窥",第十五回"佳人笑赏玩灯楼　狎客帮嫖丽春院",第二十七回"李瓶儿私语翡翠轩　潘金莲醉闹葡萄架",故事的情节结构就是在这样的标题大纲之下构建而来的,呈现出齐整的

---

① 韩南《中国小说论集》,北京:北京大学出版社,2008年版,第17页。

对称特征。将这种手法运用得最好的是《红楼梦》,观其回目:"滴翠亭杨妃戏彩蝶 埋香冢飞燕泣残红""秋爽斋偶结海棠社 蘅芜院夜拟菊花题""芦雪庵争联即景诗 暖香坞雅制春灯谜",都是齐整的"园林空间+情节"的排布方式。以"滴翠亭杨妃戏彩蝶 埋香冢飞燕泣残红"来分析,前一个情节为宝钗于滴翠亭扑蝶:"前面一双玉色蝴蝶,大如团扇,一上一下,迎风翩跹","只见那一双蝴蝶,忽起忽落,来来往往,穿花度柳,将欲过河","引的宝钗蹑手蹑脚的,一直跟到池中滴翠亭上,香汗淋漓,娇喘细细"。曹雪芹抓住彩蝶的飞姿动态,几笔就描绘得足以传神魅人,动情生趣。随着蝴蝶的引线,人物的位置随之转移,最终由滴翠亭转移到了假山前。随之引来小红丢失手帕、贾芸无意中捡来的故事情节。而作者笔锋一转,将读者目光转移到埋香冢中,这样就上演了林黛玉葬花这一情节。滴翠亭与埋香冢呈现出了精致的对应。这种对应的空间设置所对应的情节篇幅也多数相当,同时通过空间的色彩与形式对应显示了情节当中的冷热、动静的交替之美。如果说宝钗扑蝶是热、是动,那么黛玉葬花则是冷、是静。

世情小说中所列出的对称的花园空间,不仅仅指实际空间的对称,也包括真实空间与虚幻空间的对称。如《红楼梦》中的太虚幻境与大观园,太虚幻境中所上演的故事情节正是对大观园中故事情节的一个预演,两个空间如镜像般一致。而《林兰香》中燕梦卿所梦到花园中的兰花、萱草、彩云等景象,也正是之后在现实环境中上演的故事。这些虚实相间的花园空间共同构建起世情小说瑰丽的艺术空间。而在情节的对应上,虚境空间的情节往往要超前于实境的空间,是对实境空间情节的一种预演,人物的命运走向在虚境空间中都被给出了暗示。此种对应技法的一个重要功能在于能够将两种看似不同的场景,最终并置于同一个画面之中,将现实与幻境、即刻与未来归为一体,实质上是将过程与结局寄寓于同一时刻之中。时间的线性与空间的横向性交织在一起,构成了较为鲜明的美学冲突,完成了自然与人文的对应、理想与现实的对应。这种对称情节所对应的便是"虚与实"这个中国古典美学概念,涉及艺术表现的直观性和想象性。"计白当墨"形象地表述了虚实相生的关系。墨出形,白藏象,虚笔追求的是作品的象外之象、味外之味、言外之意。正如金圣叹所说:须知文到入妙处,纯是虚中有实,实中有虚,联绾激射,正复不定,断非一语所得尽赞耳。

三、花园的扩建修整与情节的重置结构

20世纪40年代,美国评论家弗兰克首次提出"小说中的空间形式"这一说法,查特曼在此基础上提出"故事空间"和"话语空间"的概念,指出两个空间侧重点的不同。国内学者龙迪勇在此基础上结合中国本土文化与叙事思维方式将空间进一步细分为四类,即故事空间、形式空间、心理空

间和存在空间。这里的故事空间即"物理空间"，就是事件发生的场所或地点。而形式空间则是叙事作品整体的结构性安排，如绘画的构图一般，呈现为某种空间几何形式，如圆圈、链条形等。对照此概念，世情小说的园林空间既是故事空间，又具有形式空间的功能。这一功能在情节重置结构模式中表现得尤为明显。世情小说作品中的花园并非一开始就完完整整地存在，多是经历一番扩建和修整而焕然一新，与此对应的作品中人物的方位设置也趋于完善，情节的组合方式也随之改变。由之前小规模小范围的人物之间的叙述一变而为大规模大范围人物之间的叙述。如《金瓶梅》中西门府花园是在原来旧花园的基础上扩充了李瓶儿带来的花园。花园空间的变换预示了新情节和新人物的出现，伴随着西门府中的花园改建，引来了西门庆谋娶李瓶儿一事。李瓶儿的丈夫花子虚已被二人设计害死，李瓶儿已将家私悄悄地转运到西门府中，为其进入这一环境埋下引线。新的花园的出现引来了新人，李瓶儿的踪迹始终与花园有着密切的联系。李瓶儿在园中立足，对之前独占旧花园一隅的潘金莲形成了威慑，情节的走向从最初的以潘金莲为主逐渐偏重于潘金莲、李瓶儿两人之间的冲突。

另一部作品《林兰香》也同样有这样一个环境变幻的历程。最初之时，众人所居之地为泗国公旧府，那是一个花园式的庭院：原来耿朗所住，乃泗国公旧府，其余伯叔皆另有宅室，故此处是他独居，进大门有二门，二门前左右有旁门二座,门内分门别户,无数房室,直通着周围群墙,乃众家丁居住……当日耿朗的小书斋就是重门内正房的右耳房。康夫人住在正房,云屏是东厢,香儿是西厢。此时人物只有耿朗、林云屏和任香儿三个人物,人物之间的关系简单明朗,情节发展也较为平和单一。从作者对环境的粗略描绘中可以看出作者并未打算将这一环境作为主要的叙事环境。随着燕梦卿、宣爱娘、平彩云等人的聚集,情节走向了集中。作者立即设置了一个全新的花园环境以供故事的演绎。在《林兰香》第十五回"燕梦卿让居别院　林云屏承理家私"中,作者对这一新的花园环境进行描绘:其东一所,令梦卿居住。爱娘又住在东一所之后,另一所内,西一所作耿朗习静书斋。任香儿移居东厢,平彩云住进西厢。……东厢后有晓翠亭、午梦亭、晚香亭三座,花木繁多。由假山洞内穿过,便是东一所。东一所内,有九畹轩、九皋亭、九回廊诸景,西与正楼的东配楼相联。此处花园环境的设定标志着人物的齐全,展现出众人齐聚一堂的热闹场面。五人各自的处所代表了其在耿府的地位,从林云屏到燕梦卿、宣爱娘、再到任香儿、平彩云,依次排开。作者一方面以花园的景物布局来彰显人物的人格内蕴,着力于日常生活中题诗、作画、弹琴、舞剑、理家及嬉戏、赏花等情景描写,以此来渲染每个人的性格特点;另一方面通过对几位人物的性格和处世方式的不同描写来展开彼此之间的矛盾与冲突。人物与花园环境达到了彼此交融,相互映照。花园环境的重置为人物关系的展开提供了崭新和适宜的场所。此种花园环境的重置也同样表现在《红楼梦》中。整部作品的前半部分,主要围绕荣宁二府展开,展现了一个不折不扣的世俗之所。府中唯一的花园"会芳园"往往成为家庭聚会和众人游赏的必经之处。此园第一次出现是在第五回"因东边宁府花园内梅花盛开就在会芳园",在这座富贵人家的普通花园中上演着一系列世俗的人情世故。"会芳园"成为众人游赏和聚会的必经之所。作者在貌似不经意之间点出这一花园并非偶然,真实目的是为大观园的出现奏响前奏,会芳园就是大观园的前身与引子。在会芳园中所呈现的情节是由贾府中的世俗之人来演绎的,这里上演着日常的人物聚会,贾瑞贪恋凤姐的欲念和凤姐的狠辣心计。总之,在会芳园中的情节基调是世俗而污秽的。直至第二十二回,随着众女儿的一一到来,焕然一新的大观园开始登场。从这一空间环境出现开始,美好、纯净的情节在这里上演开来。每一情节的发生都有一个代表性的空间地点,情节的走向更为凝固集中。

综上所述,几乎每部世情小说作品都经历一个花园变形的历程,创作者通过环境的改变而变更着情节的组合方式。花园空间重置的思维结构在很大程度上受佛教空间思维的影响。佛教的空间意识是主观唯心的,因而会有"须弥纳芥子,微尘容虚空"的空间形式,提倡以内心的空间去容纳万千世界,世间万象皆存于内心之间,因而空间世界是多重的,各个空间相互转换,相互融合。空间的回转与变换更是在一瞬之间。新花园的设置意味着人为的伊甸园的落成,新一轮的内容开始上演。正如安德烈·戈德罗和弗朗索瓦·若斯特在《什么是电影叙事学》一书中所说:空间的同场性、同步性、同时性,对于书写的叙述者来说,是不可企及的一种理想。花园空间的置换变形实际是作者从普通的叙述朝向理想型叙述的过渡,这就决定了世情小说的叙事从一开始的世俗日常逐渐走向幻化理想,情节结构从小规模的叙事走向了大规模的集中叙事。从上面的几个叙事模式可以看出,空间形态在情节的组合上起着决定性的作用。空间的结构性功能不仅表现在它为故事提供了行动发生的地点,还表现在空间的转换可以带动叙事重心的转移。两者之间的关系也同样得到了现当代叙事学研究者的关注。埃里克·雷比肯在《空间形式与情节》中将结构与读者感知联系起来,他清楚地意识到结构对读者在感知上产生的效用:当我们说到情节的"空间形式"时,我们只是从隐喻的意义上来谈论的。一个已经实现的情节,总是通过时间在读者的内心中发生的。同样,中国传统小说叙事的研究者也同样认为:世情小说的叙事特点为不依赖人物的行为和事理的逻辑来对故事情节做周密组织,多是依照事件的自然进程来进行铺叙,因而事件之间的衔接性并不像其他类型小说那样紧紧相扣,在叙事结构上呈现出分散化和缀段性的空间化特征①。花园空间参与情节构建就是这种空间化叙事的一种体现,其不同的形态辅助情节粘连、阻断、重构、排列等,从而对小说整体构思和叙述图式产生非常重要的影响。以花园空间为基本点来整合叙事情节,意味着故事空间与形式空间的相吻合与协调,花园形态具有封闭性、回环性和对应性的特征,使得世情小说情节结构具有相应的特征。

---

① 杨义《中国叙事学》,北京:人民出版社,2009年版,第68页。

第四章　园林视域下世情作品叙事研究

　　明代的《金瓶梅》以真正的世情小说面目登上了历史的舞台。清代的《林兰香》掀起了长篇世情小说的第二个高潮，然而《红楼梦》不仅再掀世情小说的新高潮，而且成为我国古典小说的巅峰之作。《歧路灯》《蜃楼志》《一层楼》《泣红亭》等，亦属世情之作，有待挖掘作品中园林意象的深层内涵。

第一节 《金瓶梅》
——世情小说园林的首次登场

　　《金瓶梅》作为第一部真正意义上的世情小说,拉开了明代以来世情小说的序幕,为之后的小说创作开拓了广阔的题材空间。有关《金瓶梅》的成书年代,众说纷纭,迄无定论,有嘉靖说(沈德符、屠本、廿公跋等),也有万历说(吴晗),又有天启说(魏子云)等。《金瓶梅》的价值在于:作者对反映的对象采取了写实的态度,从人物到环境再到整体的思想主旨,《金瓶梅》中的每个细节角落都没有半点虚妄的、不切实际的表现。在众生相的表现上,廿公在《金瓶梅词话跋》中说它"曲尽人间丑态",这种丑态正是当时现实中所经常显现的:西门庆的穷奢极欲,潘金莲的阴狠毒虐,奴才们的献媚之态,还有帮闲无赖的奸诈虚伪,作者都冷静而细致地刻绘出来。所设计到的人物之多、阶层之广,是史无前例的。正如张竹坡评点的那样:《金瓶梅》因西门庆一分人家,写好几分人家。如武大一家,花子虚一家,乔大户一家,陈洪一家,吴大舅一家,张大户一家,王招宣一家,应伯爵一家,周守备一家,何千户一家,夏提列一家……而因一人写及一县。作者在写实的笔法中倾注了其对人性与社会的认知。

一、园林的美学与文本叙事的矛盾性

《金瓶梅》是首部以园林作为背景环境的长篇世情小说作品。作者在其中精心构筑了一个神貌俱全的花园,故事中人物的活动时时刻刻围绕着这一环境进行。花园的首次整体全面展现,是在第十九回,当新的花园建成后,西门庆外出,吴月娘与众妻妾到花园中游玩,对其做了初步展示,里面花木亭台一望无际,好一座花园,但见:

> 当先一座门楼,四下几多台榭。假山真水,翠竹苍松。高而不尖谓之台,巍而不峻谓之榭。论四时赏玩,各有去处:春赏燕游堂,桧柏争鲜;夏赏临溪馆,荷莲斗彩;秋赏叠翠楼,黄菊迎霜;冬赏藏春阁,白梅积雪。刚见那娇花笼浅径,嫩柳扶雕栏;弄风杨柳纵蛾眉,带雨海棠陪嫩脸。燕游堂前,金灯花似开不开;藏春阁后,白银杏半放不放;平野桥东,几朵粉梅开卸;卧云亭上,数株紫荆未吐。湖山侧,才绽金钱;宝槛边,初生石笋。翩翩紫燕穿帘幕,历历黄莺度翠阴。也有那月窗雪洞,也有那水阁风亭。木香棚与荼蘼架相连,千叶桃与三春柳作对。也有紫丁香,玉马樱,金雀藤,黄刺蔷,香茉莉,瑞仙花。卷棚前后,松墙竹径,曲水方池,映阶蕉棕,向日葵榴。游

鱼藻内惊人，粉蝶花间对舞。正是：芍药展开菩萨面，荔枝擎出鬼王头。

作者用华丽的辞藻、整齐的句式勾画出这一繁花似锦、景象万千的花园，有意地将之营构成为一个富贵繁华、热闹非凡的人间乐园。在后来的情节和故事中，园林的景象一直不断地出现着，可以说园林意象在世情小说的文体形成中发挥着不可忽视的作用。从对园林的描绘中我们可以看到传统的描绘事物的笔法。在明末清初甚至更早些的我国古典白话长篇小说中，但凡遇有景物描写的地方，作者往往喜用俗套的骈文诗赋以出之，并在开头用"但见"二字表示提醒。

"但见"二字多为骈文写景的引子，其后跟随骈四俪六、平仄铿锵的描述性文字。这一形式在旧时戏文中是常见的，是一种程式化的表述语言。创作者对园林的表述手法并未脱离传统的方式，仍然带有旧时戏文中描述的痕迹。其实是一种过渡式的形态，由说唱文学的痕迹过渡到文人独创，介于两者之间。因而《金瓶梅》的文本中，尤其是对人物或景物的描绘，时而夹杂大量的话本腔调和曲词，而在真正叙述故事的时候却以众人晓然的白话、真切露骨的市井用语来表述。这些文言韵文作为一种书面化的语言，与现实的市井百姓生活有着一定的距离，因而采用这种方式来表述人物或景物，能够使人产生一种较高的审美情感。更多的是起到"类似遮羞布的屏障作品"①。一些研究者认为，《金瓶梅》的叙事与观念有时是不协调的②，这种不协调表现在作者的审美和实际叙事的一种矛盾。作者对园林艺术的审美角度停留在雅丽缠绵的戏曲形态之中，这是一种程式化的、雅致化的审美形态，在表述的过程中是受其他文本内容干扰的。在作者专注地描写花园之时，读者能够感受到作者对这一地域是充满向往和喜爱的，尽管这里藏污纳垢，但作者未表现出不满的态度，对之依然以温婉的笔触去展示它的美好。

对于其中人物的表现亦是如此。潘金莲本是一个阴狠毒虐、荒淫无度的角色，却也有其哀婉悲丽的一面。在第三十八回有"潘金莲雪夜弄琵琶"一节，因西门庆顾念他人将潘金莲冷落，于是潘金莲就有了"雪夜弄琵琶"之举：

> 那一日把角门儿开着，在房内银灯高点，靠定帏屏，弹弄琵琶。等到二三更，使春梅连瞧数次，不见动静。取过琵琶，横在膝上，低低弹了个《二犯江儿水》唱道："闷把帏屏来靠，和衣强睡倒。"猛听得房檐上铁马儿一片声响，只道西门庆敲得门环儿响，潘金莲连忙使春梅去瞧。春梅回道："娘，错了，是外边

---

① 刘勇强《中国古代小说史叙论》，北京：北京大学出版社，2007年版，第288页。

② 刘勇强《中国古代小说史叙论》，北京：北京大学出版社，2007年版，第292页。

风起，落雪了。"金莲又弹唱道："听风声嘹亮，雪洒窗寮，任冰花片片飘。"唱一会儿，又吩咐春梅去看西门庆回来了没有。春梅打探到西门庆进了李瓶儿的房，金莲听了如同心上戳了几把刀子一般，骂了几句负心贼，不由得扑簌簌眼中流下泪来，把那琵琶儿放得高高的，口中又唱道："心痒痛难搔，愁怀闷自焦。让了甜桃，去寻酸枣。奴将你这定盘星儿错认了。想起来，心儿里焦，误了我青春年少。你撇的人，有上稍来没下稍。"

这完全是一个幽怨女子的形象，在清冷的雪夜中，形单影只地弹唱琵琶以抒情怀。"雪夜弄琵琶"的园林场景真实地写出了遭受冷落的少妇的凄楚和哀怨。潘金莲通过琵琶唱出心神、窗外白雪弥漫，室内孤灯昏黄对应出了潘金莲内心的凄凉孤寂。作者以景衬情，层层渲染，人物之美与情景之美融合在一起，从而产生了一种与人物性格和故事情调不协调的美学意蕴，与市井中的俚俗野性特点也是悖逆的。这种矛盾性缘于作者对主题表达和其艺术审美的不一致性上。在主题表达方面，作者一方面不断强调要"戒淫欲，止淫奔"，书中不乏礼法说教，另一方面对笔下的环境与人物透出欣赏和理解的态度。这种文本叙事与审美情感的相悖是旧的说唱文体向新的文人独创文体蜕变的一个必然结果。作者将与叙事无关的审美放置在大众普遍认可的审美

第四章　园林视域下世情作品叙事研究

角度上，而叙事由着自我的创造想象来进行的。说唱文体与文人杜撰，大众与文人，这两者之间本身就有很大的不同，甚至相互背离，因而《金瓶梅》中所表现出来的一些不协调的原因就源自这里。

另外，这种矛盾还由于自古以来史传文学对文本叙事的影响。史传文学遵循的是"春秋笔法"。所谓的"春秋笔法"，不仅是指"一字褒贬，微言大义"的简约笔法，更是一种史家对历史的真实尊重的一种态度，他们以记录者的身份冷静而客观地记录着所发生的世情，其真正的态度和情感是复杂多元的，很难让读者明朗地知晓。中国的叙事文学与史传文学有极浓的"血缘"关系，以史传文学为主的历史叙事孕育并催生了中国古代小说，史传文学与古代小说的共同文化背景是中国独特的史官文化。《春秋》作为一部专于记事的史书，由孔子根据鲁国《春秋》修订而成，孔子以鲜明的历史意识为指导来书写历史。"我欲载之以空言，不如见于行事之深切著明也"，足见记事比空言理论更有价值。《春秋》将历史事件和年月日的具体时间结合，"以事系日，以日系月，以日系年"，开创了编年体的记录方式。《春秋》对后史书的影响还在于其含蓄简练的"春秋笔法"，在看似平常的记事之中蕴含着深刻的褒贬劝惩的深刻含义。刘知几在《史通·叙事》中说：《春秋》变体，其言贵于省文。这种叙事简练之法还包含了褒贬含义，即"微言大义"。由于中国历代长期形成的对史的崇拜，文学史上的叙述者似乎总是有一副"全知全能者"的姿态；然而这种全知全能却只是局限在庙堂里。它的触角伸不到黎民百姓之中，因而一种纯客观的叙事幻觉由此产生，并成为一个经久不衰的模式。蒲安迪在《中国叙事学》中说：伟大的叙事文学一定要有叙述人个性的介入，集体创作永远稍逊一筹。①《金瓶梅》就是一部带有个性的作品，这种个性表现在对一些事物态度的模棱两可和对审美的不自控上。鲁迅在《中国小说史略》中说《金瓶梅》：作者之于世情，盖诚极洞达，凡所形容，或条畅，或曲折，或刻露而尽相，或幽伏而含义，或一时并写两面，使之相形，变换之情，随在显见，同时说部，无以上之……②《金瓶梅》中呈现的是一种非美非善的人格特征审美，这是一种思维层次的拓展，而在当时，人格个体的行为道德倾向并没有明显的是非、善恶的属性，这是个体人格意识及情感的模糊性和不稳定性的结构。当代作家对人格个体的非美非善特征的审美和艺术表现补充了对人格美与人格恶对比的单向度思维方式，兰陵笑笑生笔下的这些人物提供了类似的经验。我国正史力图客观记载事实，但实际上很难走出一种美学上的幻觉，因为毕竟是用各种人为的方法和手段造成的"拟客观"效果。③如果是这样的话，那么《金

---

① 蒲安迪《中国叙事学》，北京：北京大学出版社，2018年版，第16页。

② 鲁迅《中国小说史略》上海：上海古籍出版社，2004年版，第142页。

③ 蒲安迪《中国叙事学》，北京：北京大学出版社，2018年版，第15页。

瓶梅》对花园的这番描绘显然是创作者试图抛开一切主观因素和偏见来进行创作的,这种美的描绘源自创作者自身对美的理解和感悟。

二、新旧思潮交替下的花园内蕴

明朝中后期,心学流行于世,人们开始追求物欲生活。人们的心理防线从一个固有的模式系统走向多元,固有的思想体系与新生的观念产生冲突。这导致士人性格裂变,由之产生了一批崇尚天然、追求人性、寻求刺激的狂人与怪人。尽管如此,他们内心的挣扎、冲突与彷徨无形中增多了,他们割舍不了传统的价值体系和儒学情结,却又让自己的欲望在俗世间沉浮游荡,以至于最终落入空虚与无望之中。在经济领域,随着资本的不断积累,当时的社会风气开始向金钱物欲偏倒。此时盛行的"心学"也为人欲的膨胀添风造势,人们开始追寻起物质享受来。西门庆的形象便是化身,西门庆原本由一个破落户、浮浪子弟而暴富发迹,在他的身上呈现出一个新旧时代交接的特征——官商合一的混合身份。他靠商人的奸猾手段去横征暴敛,又靠这些钱财去贿赂上层官僚,从而获得了千户提刑的职位,职位的获得又使他获得了更多的钱财。在追求物欲的时代,园林的建造也随之兴盛起来。私家花园原本属于家人休闲、文士聚会的地方,最终成为表现财富和欲望的象征。花园的象征意义发生了较大的转变：由之前的理想美好之幻境，成为表现财富和欲望的象征。《金瓶梅》欲望叙事的独特之处表现在对空间领域的选择上，即抛除花红酒绿的妓院酒楼，选择了欲望更为隐秘的私人领域——花园。

西门府的花园，原本只是一个普通的没有太多特别之处的财主家花园，因为它的平淡无奇，在文章的开始作者甚至就没有给予它正面的描写。而读者只是知道有这一空间，对其中的内容环境并不知晓。随着西门庆通过一定方式的巧取豪夺，将花竹虚家的房地收入其囊中，于是一个较大规模的、清晰完整的园林空间展现在读者面前。如此一来，花园与财富、欲望的联系更为紧密。西门府花园的扩建过程，完全是西门庆对财富的一个攫取过程。西门庆本人从一个药铺商人，在数年时间内一跃成为集官商于一身的巨富豪绅。他是通过传统的开当铺、绸缎铺等资本聚集的方式来牟取利润，更多的财富则是通过巧取豪夺、欺诈瞒骗的方式获得的。他娶孟玉楼、占有李瓶儿，无形之中获取了两份不菲家业，在财富获取过程之中，西门庆从未有过知足的想法，反而这种欲望愈加强烈，他继续着攫取财富的勾当，放高利贷、贿赂官府谋得高位、贪赃枉法逃避税款，这些都充分显示了在当时浮华的社会中人们欲望无限膨胀的状态。与对财富追求相平行的是对色欲的追求，在后花园中上演着一场又一场露骨的情欲场面，将道德、伦理淹没在人类原始的欲望中，《金瓶梅》整部书的情节和进程都淹没在无穷无尽的"色欲"之中。这是对晚明社会从禁欲的思想挣脱出来的真实写照,同时包含了作者对这种现象的不解与无望。《金瓶梅》中的花园还是当时不法行为的集中体现之所。西门庆的发家主要是依靠在内勾结官僚、在外巧取豪夺而来的,他从湖州、杭州等地贩货回来之时总要提前贿赂税务官,以达到偷税漏税的目的,他贿赂巡盐御史而提前获得三万盐引,从而获取了暴利。在修筑自己的庄园时,竟然强拆向皇亲之家的房屋,达到扩充花园面积的目的、而向皇亲似乎也甘于低头,竟将一座大螺钿大理石屏风和两家铜锣铜鼓以三十两银子的低价卖给西门庆。皇亲贵族以如此卑微的姿态向一个市井商贾来讨生活,可见作者对于当时世风是报以酸楚和无奈的。

在《金瓶梅》花园中上演的更多的是"欲望"而不是"情感",这一点突破了传统戏文小说中花园的意象功能。从一开始将潘金莲安排进后花园,就预示着花园与"欲望"(这里指"情欲")紧密地联系在一起。在第十二回中写西门庆贪恋李桂姐,半个月不曾回家,潘金莲欲火难禁,到晚来归入房中,絮枕孤帏,凤台无伴,睡不着,走来花园中,款步花苔。看见那月漾水底,便疑西门庆情性难拿;偶遇着玳瑁猫儿交欢,越引逗得芳心迷乱。之后,写西门庆约见李瓶儿,也是经过花园这一场所,仿照着张生跳墙的情节模式,与李瓶儿暗中私会。但凡是有花园出现的地方,都会上演一场毫不隐讳的情欲之戏。花园的功能显然已突破之前男女邂逅的功能,变得更为暴露,更贴近当时之人的本性欲望。

创作者创立了一系列新的象征意义,这些象征在作品中生根发芽。然而即使这样,创作者对于新事物也似乎没有一个美好的期待,甚至隐约透着一种莫名其妙的惧怕和不安。旧事物腐败和不可挽回,而新事物的到来似乎带有一种不确定性,创作者就在这样一个矛盾的心态下完成《金瓶梅》的创作。《金瓶梅》中的男女主人公,在创作者的尽心安排之下一一走向毁灭,这些人物无一例外地违背了旧的伦理束缚,然而始终未建立起一个新的合理的规则。就在这种新旧交替的混乱情况下,每个人都无法避免地走向了毁灭的命运。总之,创作者是没有期待的,在没有期待、没有幻想的心理状态下,一切的事物都不会有美好的结局。正如《金瓶梅》中的花园,尽管作者几番经营安排,给予它翻新修整的机会,给它美好的形态展现,但一切都改变不了它最终破败的结局,在花园中的人物的命运也随之变迁。如果将西门府中的旧花园看作是一个藏污纳垢的旧世界的话,那么修缮好的新花园则是作者期望创造的新世界,只是在新世界中照样上演着旧世界中的事,甚至更加污秽丑恶,与其说作者是在展现这两个世界,不如说展示了他绝望而彷徨的心态。不但如此,《金瓶梅》中所塑造的女性形象也有新旧的差别。在吴月娘身上体现更多的是恪守妇道、唯夫命是从的传统主妇形象,在李瓶儿身上体现更多的是温顺和柔弱,如果说这两个人物是传统的旧形象的代表的话,那么,潘金莲的形象是一个新形象:她出身贫贱,命途多舛,险恶的生存环境中早就形成了机警、泼辣、善妒的心理。她曾声称:"我是一个不戴头巾的男子汉。"此人物敢于突破命运,向自己的命运挑战,又一步步地走向了纵欲的深渊。总之,无论新旧人物,最终都走向了毁灭,正如花园尽管盛极一时,结局却是衰败。

三、园林空间叙事与世情文体的成熟

有关小说文体的形成与发展,韩进廉曾说:在中国小说史上,唐传奇的出现标志着小说文体的独立。毫无疑问,在小说文体独立前,定然有一个漫长的由孕育而萌生的过程。在这个过程中,各种先于小说存在的文体都或多或少地含有小说的因素;这些因素不断汇聚、融合、蜕变,最终形成小说这一独特文体样式。①

六朝小说的兴起使得中国小说文体有异于传统诗学而立足于文坛。而这一发展态势主要得助于中国戏曲文化的沟通和渗透。其结构得益于小说家的形象思维出现了新的飞跃,它在以下三个方面更新了叙事意识:一是情节结构的戏剧化;二是形象构成的动作性和视像性;三是情景描述的写意与诗化。这种传统叙事格局也体现了小说家对戏剧文

---

① 韩进廉《中国小说美学史》,保定:河北大学出版社,2004年版,第1页。

化中艺趣意识的思维认同。园林空间构成了世情类小说的叙事基础。这种园林意象是一种艺术幻象，作为叙事的一部分，与整个叙事紧密联系。不仅仅建构小说环境，更起到了建构主人公和营造审美的作用。世情小说的叙事由原始神话的象征，史实的摹写、记叙，转向对生活真实和艺术真实的追求。这是一种审美的自觉，审美的最高级阶段就表现在对日常物象的建构上。以《金瓶梅》《红楼梦》等为代表的世情小说在描写现实生活的故事中达到了前所未有的境界。这种真实性并不是像正史那样的真实性，否则就失去了作品的审美价值和精神内涵。这里的真实是一种艺术的真实。花园、墙、门、窗、花草树木、主人公的日常用品等，都不可或缺地成为构建家庭肌肤、灵魂、命运的有机部分。

世情小说题材专门化的标志，表现在它创造出了完整的系统的时空体系，而园林系统就是这一时空体系的代表。正如巴赫金所说的：时空体系在文学中有着重大的体裁意义。可以直截了当地说，体裁和体裁类别恰是由时空体系决定的。时空体系将笔触限定在家庭伦理琐事中，人物角色走向了社会化，叙事基调走向了普通人物的情感生活。《金瓶梅》的横空出世标志着世情长篇的真正独立，虽然免不了带有一种未脱离干净的其他文体的痕迹，在叙事上依然未脱离"说话艺术"的表现模式。"说话"的模式为叙事方式上以第三人称全知视角的主观叙述，作者介于故事和读者之间，是全知全能的。《金瓶梅》呈现给读者的较早版本为万历四十五年（1617）东吴弄珠客作序的《金瓶梅词话》。"词话"是一种曲艺形式，由说白和唱曲相结合而成的。《金瓶梅词话》中穿插了许多韵文唱词，与民间说话艺术有许多相像之处，其中有许多"说话"用语。作者在每一回处都有跳出来说话的机会，时而诠释时而批评，借用"有诗为证"和"看官听说"等套话来提示读者，作者以全知全能的旁观者身份客观而冷静地介绍着每个人物的出场和事件的来龙去脉。《金瓶梅词话》中的故事不是被讲述出来的，因为作者的态度是冷静的，他是以一个旁观者的身份来介入的，因而作品中缺乏情感性的语气和爱憎的字眼，一切都是由作品中人物演绎出来的，这是一种典型的戏剧式模式。而《金瓶梅词话》之所以能够突破说话、艳情等的小说文体艺术，就在于它能够由园林庭院这一空间映射到社会其他空间。《金瓶梅词话》中的故事空间是居室庭院，但又不局限于这一空间，往往由这一空间辐射出去，扩大到整个社会，波及社会各个阶层，演绎各色社会人物。而这些纷乱复杂的社会关系最终又归向和聚焦在西门一家中。作品以西门庆家庭生活为中心，将情节逐一展开，令人目不暇接。摆脱了线性单一叙事的处理方式，走向了复杂多元的网状模式。这正是《金瓶梅词话》走向世情作品的成功之处。

《金瓶梅》中的花园也是人生一世变迁的标志物。西门一族的盛衰与花园的兴废步调保持一致。花园的兴建阶段，也是人员齐聚的一个过程，在前二十回中表现得尤为明显。从第十六回到第十九回讲述了花园的兴建过程，其间伴随着如花似玉的妻妾到来。尤其是李瓶儿的到来，这所花园增添了一个新的领域，西门府中的花园到达鼎盛之时。西门庆的仕途也随之一路畅通，于是花园成为众人欢饮行乐的地方。妻妾六人聚齐后，最终对园林做了全面展示，极力渲染其生活之美好。在花园建好之后的一段时期，西门庆情场得意，仕途畅达。于是，在园林里上演了一幕幕宴饮行乐的场景，占据整部作品的大半篇幅。到了作品的后一半，花园聚乐的场面减少，特别是到了第七十九回，随着西门庆的消亡，花园的末日来临，昔日众人齐聚的场景再无重现，直到第九十六回，已成为守备夫人的春梅游旧家池馆，感受到一番破落萧瑟之景，不由得令人叹息感伤。我们从中能够感受到作者对花园建筑格局的一番用心。这种设置和形式正是《红楼梦》中大观园的前奏。

《金瓶梅》里的花园承载着人间的欢乐与美好，也承载着更多的世情内涵和叙事用途。《金瓶梅》中的花园作为世情叙事功能的先河，为之后的世情小说开辟了一个典型模式。

第二节 《醒世姻缘传》
——村野景象下的园林形态

《金瓶梅》的出现将世情小说分为两股流向：一股为情欲泛滥的艳情之作，另一股为笔墨纯净雅致的才子佳人系列。然而也有沿着纯世情路线创作的作品，《醒世姻缘传》就是其中较为经典的一部世情作品。《醒世姻缘传》无论从艺术风格还是从创作地域来看，都与《金瓶梅》有相似之处。此书一百回，题为西周生辑著。关于西周生的讨论，众说纷纭，先后出现了蒲松龄、丁耀亢之说。虽然无定论，但有一点是可以肯定的，那就是作者对齐鲁一带的乡村生活是颇为熟悉的。作品以当时当地作为创作背景，艺术地展现了17世纪齐鲁一带的民俗风貌和风土人情，无愧为一部时代百科全书式的著作。作品中出现的人物众多，阶层繁杂，涉及了官吏、商贾、文人、僧侣、医卜、媒人等职业。涉及的地域有武城、通州、北京、临清、济南、济宁、淮安等。《醒世姻缘传》中涉及的民俗之丰富、波及范围之广泛，可以说是一部晚明之时齐鲁地区的浮世绘，为后来人的民俗研究提供了重要的材料。胡适说："将来研究十七世纪中国社会风俗史的学者，必定要研究这部书；将来研究十七世纪中国教育史的学者，必定要研究这部书；将来研究十七世纪中国经济史（如粮食价格、如灾荒、如捐官价格等）的学者，必定要研究这部书;将来研究十七世纪中国政治腐败、民生苦痛、宗教生活的学者,也必定要研究这部书。"①徐志摩也推崇这部书是一个时代的社会写生、一幅大气磅礴的《长江万里图》。

这样一部内容驳杂的小说,涉及的背景环境也较为复杂。有晁狄两家府、狩猎的雍山、看管犯人的监牢,还有乡村的普通农户。与其他世情小说相同,庭院花园也是其中的故事背景;不同的是,《醒世姻缘传》的发生环境是在农村的两个乡绅家庭,因而农村的生活背景构成了《醒世姻缘传》的一大特色。而其中对园林的营造和描绘在众多的世情小说中力度较弱,与园林相关的字眼在整部作品中出现过5次,园林这一文人所崇尚的理想环境似乎与《醒世姻缘传》中的故事题材和背景基调并不相合。然而事实并非如此,园林这一物象的功能只是被作者隐匿起来而已,隐匿的背后是叙事背景的特别性。

一、《醒世姻缘传》中园林形态管窥

在《醒世姻缘传》中,出现的传统意义上的园林只有一个,那就是晁府花园。在作品的第一回就出现了晁府花园的一角"留春阁":一日,正是十一月初六冬至的日子,却好下起雪来。晁大舍叫厨子整了三四桌酒,在留春阁下生了

---

① 胡适《〈醒世姻缘传〉考证》,《胡适精品集》,北京:光明日报出版社,1998年版,第63页。

地炉,铺设齐整,请那一班富豪赏雪。只此一句,点出了这个叫作"留春阁"的建筑。这是在晁家人物都出场之后,人物之间的关系理清之后,出现的一个场景,众人聚在一起商议到去雍山打猎。而打猎这一举动正是两世姻缘的开端引线,故而"留春阁"是埋下故事引线的地方。在第四回中,则出现了较为详细的晁家花园介绍:西边进去,一个花园,园北边朝南一座楼,就叫迎晖阁。园内也还有团瓢亭榭,尽一个宽阔去处。只是俗人安置下来,摆设得像东乡古董铺。从整体形态上看,其建筑和布局皆为传统的北方园林,并无奇特之处。到了第二世姻缘中,第三十七回,提到了西边一座花园,之后第四十七回曾提到过一座乡宦花园。作者对以上这些花园并没有进行大篇幅的渲染,描述性的语言很少,读者难以想象这些园林的风貌。然而这些园林的功能意义并未因此而变弱。

在讲述晁源的下一世姻缘之前,作者将笔触放在对秀江县明水镇的渲染。这种铺排渲染的笔法,不再惜字如金。作者将明水镇描绘成一个风景秀丽、民风良善的世外桃源:且单说那明水村的居民,淳庞质朴,赤心不漓。……一片仙山上边满满的都是材木,大家小户都有占下的山坡。这湖中的鱼蟹菱芡,任人取之不竭。把这湖中的水引决将去,灌稻池,灌旱地,浇菜园,供厨井,竟自成了个极乐的世界。同一回中那首"单道这明水的景象"的《满江红》词就写道:四面山屏,烟雾里翠浓欲滴。时物换,景色相随,浅红深碧。

这个美好祥乐之地正是晁源的第二世狄希陈的所在之处。从上述园林形态来看,园林的所属者为地主乡绅,所处之地为村野乡间,与之前的市井园林形态有所不同,是乡绅文化的代表。

二、园林在《醒世姻缘传》中的功能意义

1. 园林物象的反讽功能

《醒世姻缘传》描述的时代,是明末较为混乱的一个时代,社会局势的不安与动荡,社会思潮的瞬息万变,作者对当时的社会形态持以冷静的态度,带着对社会形态的不解与困惑和对人生百态的无奈与嘲讽创作了这部作品。从作品的整体风格来看,《醒世姻缘传》是在一个充满因果轮回的宗教情结下完成的,作者并未刻意地将作品风格定位为暴露讽刺,然而在浓郁的宗教氛围中,处处流露着作者对其中人物和世态的嘲讽,讽刺手法不露痕迹。《醒世姻缘传》延续并发展着《金瓶梅》的讽刺艺术,表现出明代"末世文学"的普遍特征。

作品的第一回围绕晁源父子的变泰得志来展开的。作者以调侃的笔调叙述了晁源父亲的升迁历程和晁源一家人得志前后的嘴脸变化。尤其是对晁源这一人物的讽刺,更是不遗余力。晁源是一个一阔脸就变的典型,他纵容小妾,

凌虐正妻，不学无术，生活荒淫。在第一回中就大写晁源在"留春阁"宴请宾客的场景，花园楼阁本为文人的雅静之所，却集合了一批俗客，这些人是奸盗，露猖狂恣纵之态，都是些没家教的新发户混账郎君。人物的庸俗之态与处所的环境之雅致形成了鲜明对比。阁楼命名为"留春阁"，而发生的时间是在飘着雪的冬至，晁源请那一班富豪来赏雪，这样一冷一热形成鲜明对照。第四回中更是借助晁家的后花园来讽刺晁源的粗鄙无知，在介绍完此所花园的全貌之后，作者不忘补上：东乡混账古董铺，可见晁源知道将园林摆设简单地堆积，丝毫没有雅致品位，瞬间突出了园林主人满身铜臭、俗不可耐。在第一世姻缘之中，晁家的花园是作为一个讽刺性的工具来对晁源这种类型的人物进行嘲讽的。

在第二世姻缘中，明水镇的山川风光也被用来作为反讽的道具。明水镇坐落于秀江县，第二十三回说：这绣江县是济南府的外县，离府城一百一十里路，是山东有数的大地方，四境多有名山胜水。那最有名的，第一是那会仙山，原是古时节第九处洞天福地。点出了明水镇的前身，完全是对上古时期美好社会环境的一种畅想和怀念。这里的一切事物都与外界不同。第二十三回说：唯独这绣江，夫是夫，妇是妇，那样阴阳倒置、刚柔失宜、雌鸡报晓的事绝少。第二十四回说：今医家汲泉丸药，号"青州白丸子"。此药在本地不灵，出了省，治那痰症甚效。其水也，除了海，有那掖河、胶河、潍水、芙蓉池，这都不如那明水。作者把秀江县明水镇描绘成一个与俗世全然不同的理想境地。然而就在作者对其进行了无数夸饰之后,掩饰不了对这一理想破灭的感慨:只是古今来没有百年不变的气运,亦没有长久浑厚的民风。随后便转向对狄员外一家的叙述,并从狄员外口中道出了明水镇今不如昔的情况:往时敝镇的所在,老丈所称许的这八个字倒是不敢辞的;如今渐渐地大不似往年了!这些新后生,哪里还有上世的质朴!第二十六回说:这明水镇的地方,若依了数十年前,或者不敢比得唐虞,断亦不亚西周的风景。不料那些前辈渐渐死去,那忠厚遗风渐渐消失,那些浮薄子弟渐渐生将出来,那些刻薄没良心的事渐渐行将开去;习染成风,惯行成性,哪还似旧日的半分明水!就这样,明水镇的前世与现世构成了一个鲜明的对照。颇具讽刺意味的是,在明水镇这样一个宛如桃源仙境的胜地,也发生如此悖逆人伦之事,更何况人间他处?紧接着作者的笔触转到第二世姻缘狄希陈的身上。这一人物与第一世的为非作歹、鄙俗张狂的晁源相比,多了几分懦弱之态,尤其是在其妻子薛素姐面前,简直是一个饱受欺凌的可怜虫。然而即使如此,狄希陈也并未在家中过安分守己的生活,他费尽周折逃离家庭,在外地花天酒地。如在趵突泉周边的一个花园旁边遇到了妓女孙兰姬,就毫不犹豫地与之鬼混,更为有趣的是,作者将两个人的相遇地点虽设置在花园之中,却是以狄希陈溺尿的场景来相见的。与花园意象的传统意义大为悖逆,花园瞬间成为一个与整部作品极为不协调的物象场景出现了。

可见,《醒世姻缘传》中的园林除了参与叙事之外,更多的是成就一种反讽的技法。作者调动了一个文人们常用的物象,以正象反用的手法来突出讽刺的笔调,其辛辣大快人心。反讽手法本身具有意婉旨微、深刻有力的艺术特点,作者通过对空间场景的巧妙设置来含蓄表达自己的悲喜与爱憎,通过人物活动与空间场景的不协调来构成一种不和谐的色彩,引发人们对于反面现象的关注,从而使其负面价值呈现出来。《醒世姻缘传》带有讽刺手法的语言现象是丰富的,举不胜举,徐志摩就曾认为其间有一种轻灵的幽默,认为西周生是一个天才。

2. 分割叙事

《醒世姻缘传》的情节结构,曾引来学术界几番争论,其结构的独特是不争的事实。《醒世姻缘传》不同于《金瓶梅》《红楼梦》等人物众多、关系复杂的网状叙事结构,也不同于《儒林外史》的卷轴画式的叙述结构。它实际上开创了中国古典长篇世情小说的又一种模式,即两段独立故事系统的连缀。这两段独立故事系统分别以晁、狄两家男女主人公之间的姻缘展开的。无论从时间上、地域上还是从故事情节上,这两个故事系统都不存在任何的交织和勾连,彼此之间是一个独立的有机体。如以晁家为中心的故事体系集中在前二十余回中,将晁家的故事讲述完整,叙写了晁思孝行贿得官升迁，晁源围猎杀狐遭报应，纵容小妾逼死其妻计氏，随后其妾薛氏入狱，晁源纵欲被杀，春莺诞子延宗，晁夫人分田睦族，之后狐精、晁源、计氏皆托生等故事。之后以托生转世为托辞，将时空转换到绣江县明水镇。作者此时并未对第二世故事直接进行讲述，而是用了数回的篇幅来描述明水镇的前身过往。在介绍完这一空间背景之后，作者才将镜头转向第二世托生的狄、薛两家上，以狄家为中心的故事体系，叙说了明水镇的狄、薛两家联姻，狄希陈延师求学，狄希陈进学、完婚，狄家父子进京坐监，素姐撒泼虐夫，狄、张两夫妇争斗，狄希陈延医治伤，素姐泰山烧香，宋主事逼死童七，狄希陈赴监娶寄姐，素姐进京寻夫，寄姐丧婢经官，狄希陈赴任入川，素姐入川寻夫，素姐、寄姐争高下，狄希陈致仕返乡等情节。在看似独立的叙事系统背后，两个系统之间彼此交织，作者不时地给读者以暗示来提醒读者对这两世姻缘的注意。如第三十回和第三十二回从第二世的秀江县转到第一世的武城县晁家，并通过交代计氏托生转世与北京乌银铺童七家勾连起来。又在最后一回（第一百回）安排了狄希陈、晁梁、胡无翳会面，了结两世姻缘。

关于明水镇的风土人情，作者用两回来进行叙述，看似不经意地渲染环境，实际上作者是在两个独立的故事之余，重新构建了一个新的叙事系统。在两世姻缘之间穿插了一个较为短小的故事系统，这显然是另一层面的世界。这里有乡宦杨尚书的故事,也有个教书先生的故事,还有明水村居民的故事,这些故事串联起来,构成了整个明水镇一带的民俗风情,犹如一部话本作品向读者展开了完整的叙述。有关明水镇一段的叙事节奏明显放缓,叙事情调与氛围也极为缓和,与前后两组故事皆有不同,无形中对人物的前后两世的故事造成分割。

这种独立的双故事体系式结构,蕴涵着作者在情节结构上的独具匠心,彻底冲出选材的苑圃,以婚姻家庭问题为线索去探索社会人生问题。这种结构十分得体地安置了庞大的生活内容,在中国古代世情小说中独树一帜。

三、明水镇的象征意义

《醒世姻缘传》中所体现的主题紧紧围绕着封建五伦中的普通的夫妻伦常来进行的,生动地展示了封建制度行将就木的态势。作者带着深深的儒家精神理念,维护封建统治的伦理纲常,因而在文中不乏大量的俗套的说教,甚至最终到佛教的因果轮回去寻找出路,这不免落入了传统小说写作的俗套,然而其所描述的生活面之广、细节之精体现出了作者的现实主义手法的强大的生命力。正如徐北文在《〈醒世姻缘传〉简论》中提到的:如果我们剥下了它的宿命论的外壳,从其大量篇幅所描述的人物形象和生活情节来看,便发现所反映的是一个活生生的真实的封建社会。一幅幅画面,包罗万象,构成一个历史"风习画"的长廊,具有相当高的认识意义和艺术成就。①《醒世姻缘传》以两世姻缘中不协调的夫妻关系作为故事的发生点,旁及官绅、商贾、媒婆、僧侣等各个阶层,对发生于乡间村野的家庭生活和社会伦理都有细致描述。作品题名为醒世姻缘,即借姻缘以醒世,这里的姻缘并非传统意义上的夫妻间琴瑟和鸣、相濡以沫,而是夫妻不和的错位婚姻。作者在序言中阐释了孟子所提到的"君子三乐":"父母俱存,兄弟无故",此为亲情伦理之乐;"仰不愧于天,俯不怍于人",此为道德修为之乐;"得天下英才而教之",这是思想传承之乐。然而作者似乎并没有沿着孟子"三乐"的意思往下走,转而提出了"三乐"的前提,那就是"添一个贤德妻房"。此思想源于《易·系辞》:天地氤氲,万物化醇,男女媾精,万物化生。作者借题发挥,婚姻乃天地之道、人伦之本,故而也是故事的生发点。然而《醒世姻缘传》展现的是一个君不君、臣不臣、父不父、子不子、夫不夫、妻不妻的一个混乱世界。这是明末清初社会现实的写照。作者通过晁源和狄希陈两世姻缘的故事,表现出了当时社会扭曲、混乱的社会现象,伦理的缺失、道德的沦丧是不可避免的,作者将无法排遣的愤慨之情消解在宗教轮回之中。《醒世姻缘传》中的人物多具有不良、不贤、不肖的特点,晁源、狄希陈如此,其妻妾亦多如此。晁源

---

① 王曾斌《明清世态人情小说史稿》,北京:中国文联出版社,1998年版,第164页。

从一开始就有顽劣的个性,他贪图享乐,不求进取,十日内倒有九日不读书……专与一班不务实的小朋友游湖吃酒,套雀钓鱼,打围捉兔……以此来说明人性之恶便是姻缘之恶的根源,这也是伦理悖乱的前兆。

《醒世姻缘传》的主题是以晁、狄两式的姻缘悲剧来劝诫世人,让世人规范其德行,以修来世之福。可以说,《醒世姻缘传》一直不忘延续道德说教的创作理念和叙事思维。此类劝诫世人、尚德求善的叙事模式犹如一条不变的戒律,框定着世情类小说。吴士余在《中国小说美学论稿》所说的那样:中国传统文化是以伦理本位的文化意识为其内核的。中国文化模式的基本特征是以伦理道德作为维系社会秩序的精神支柱,以及各种观念,如认知观念、价值观念、审美观念的出发点与归宿。由此而建构的形象思维图式,其主题特征便呈现了聚向伦理中心的思维结构。文以载道、文道合一,便是这种形象思维图式的一种理论概括。然而这种道德式的劝诫似乎并不是作者的真正本意。与其通过事例教化民众使之向善,不如使民众不经世情人欲熏染、保持纯良天性。明水镇的前世是作者的理想境地,作者不惜以数回的章目来交代这一地域的来龙去脉,其目的是暂借这一地域来寄托其对上古淑世之风的向往。因而明水镇的芳淑景象的出现,看似与主题毫无关联,实际上是一种审视社会、指点江山的美好用意。第二十三回说绣江县是民风淳正之地,大家小户都不晓得什么是念佛吃素烧香。作者认为，民风淳人心善，不犯错就不用念佛烧香，不用忏悔过失。在作者心中，佛教履行的是救世职能，是教化的工具，佛教大兴就代表了当时社会混乱无序。《醒世姻缘传》之所以希望通过因果报应来劝醒世人，其宗教意识之源就在于此。既然能知道佛教的兴盛与社会人心的善恶成反比，就说明作者最起码不是一个盲目笃信佛教的人。但佛教对他来说无疑是一个进行道德说教的有力工具。《醒世姻缘传》中虽然有不少篇幅宣传因果报应的思想和封建礼教，但作为一部世情类小说，它对社会的世情还有更为广泛的揭露和对纯良社会的向往。

如果说在整部作品中晁夫人是个体意义上的理想道德的榜样的话，芳淑景、太平时的绣江明水就是社会意义上的道德健康标本。作者用时间错位的叙事方法，将绣江明水历史上一度拥有的良好社会风气，与绣江明水当下的众生作孽进行比较，甚至还包括与作品主人公足迹所到的京城、通州、成都的比较。诸如绣江明水的理想社会，为官者秉公执法，政治经济上实行重德薄赋。而与此形成鲜明对照的，不但有风气转坏后的明水，还有政治中心的京城。作者沿狄希陈妾童寄姐家的生活线索，写出京城政治混乱、腐败，皇帝昏庸，大权旁落，连一道奖励的圣旨都贯彻不下去。内官陈公为代表的东厂把持朝纲，权势熏天，百姓如童七稍有得罪，便意欲置其于死地。主管草料的宋主事为代表的朝廷命官假公济私、营私舞弊、盘剥商人，最终逼得童七破产自杀……作品所具有的价值,无论大小,只有置于一定的文化背景下内才能看得清楚。明水镇良好的社会风气,其实是整部作品正面道德价值的坐标。在此基础上进行扬善惩恶下的叙事,无论是时间的长度还是空间的广度,都将社会道德问题开掘到一个更深的层面。

第三节 《林兰香》

——园林参与叙事的进一步深入

如果说《醒世姻缘传》呈现出一种浓郁的村野景象的话,《林兰香》则是一部与之风格相反的文人雅士之作。清代前中期,在学界中掀起了复古思潮,"宋学"与"汉学"直接继承宋明理学,得到了官方的大力提倡,一切似乎又回到了"温柔敦厚"的礼教时代。《林兰香》就是这样时代背景下的产物,一改之前的娱乐化与商业化,作者"有功于社会"的用意明显表露。

由随缘下士编辑、寄旅散人评点的六十四回长篇小说《林兰香》,是一部典型的文人世情作品,以一个家族的兴衰为背景,讲述几位人物的悲欢离合。《林兰香》表面上假托明初这一历史阶段叙事,实际上多为清代顺治、康熙两朝政事的投影。同其余世情类作品一样,此书所涉及的人物也纷繁多杂,经研究者统计有三百余人,但所涉及的人物阶层并不十分广阔,主要集中在以耿府为首的贵族阶级当中。主人公耿朗出身勋旧世家,乃泗国公耿再成支孙,作为未来泗国公继承人,居住在泗国公旧府,他的五位妻妾的身份皆为官宦之后。因而《林兰香》为清前期重要的以贵族公子、仕女为主的长篇家庭小说,风格清丽典雅,文人气息浓郁。

一、文人化园林的情调内蕴

《林兰香》的书名,脱胎于《金瓶梅》,由女主人公们各自的姓名集合而成,却并未延续《金瓶梅》恣肆放纵的艺术路线,而是以温情含蓄的笔调将故事娓娓道出,因而有人在序中评价其"有《金瓶》之粉腻而未及于妖淫",把日常家庭生活的情调由"俗"转向"雅",为《红楼梦》的出现奠定了基础。作品着力于日常生活中题诗、作画、弹琴、舞剑、理家及嬉戏、赏花等情景描写,渲染了五位夫人的才华、聪颖及高雅风姿,同时整个作品也蕴含了无尽的悲剧意蕴。《林兰香》的故事环境主要集中在泗国公旧府,作者对这一王府花园也进行了较为细致的渲染,是继《金瓶梅》之后又一个造型完整具体的花园。在这部作品中,花园的意义是非凡的。

《林兰香》的出现反映了长篇世情小说创作的一个趋势,即从最初的俚俗的说唱笔调转向文人抒情式的以表达美学思想为主的诗情记录。小说创作模式的历史性转变,使得文本故事彻底摆脱了原来的世代积累型而转向文人的独立创作,这样使得小说的题材范围变得更为广泛,小说的主体意识不断增强,一些社会问题日益显露出来。小说作品的美学宗旨逐渐地趋向于文人诗画式的深情绵邈。《林兰香》作者对园林的塑造承袭了文人抒情写意的手法,写景状物瑰丽典雅,善于运用骈俪句式,富于音韵之美。如《林兰香》中第一个出场的为林府的花园,此时天气骤然转凉,天降大雪,于是林云屏与宣爱娘姐妹两人于花园阁楼上赏雪:单说林云屏、宣爱娘见天又落雪,令侍女罩上布伞,两个人携手并肩,在各处亭台上走了一回。那莲花瓣儿纵纵横横不知印了多少,仍旧回到后边卧楼,令枝儿卷起帘幕,又令随爱娘的侍女喜儿关上楼梯门,清清静静坐在上面看雪。是时炉添兽炭,杯酌龙团,一缕缕轻烟断续,一片片细叶甘自,两人一面品茶,一面清谈。在赏雪期间,两人将"玉树""玉山"相互比附,埋下了"两人共嫁一郎"的伏笔,同时也引出了任香儿一家遭变故的场景。在这段赏雪的描写中,作者用笔细腻柔婉,所述之处意象群生。将"阁楼""落雪""布伞""莲花瓣儿""帘幕""炉火""茶茗"等物象糅合在一起,使得整个意象群清丽柔婉,脱离了北方园林的粗犷无韵味的一贯风格。对郊外的林园燕家坟的描写也不乏清新婉丽之笔:只见这座坟院,墙分八字,门列三楹。一带土山,千株白杨瑟瑟。两湾秋水,万条绿藻沉沉。露润野花香,风吹黄土气。作者将白、黄、绿等色彩集合在一起,展现了盛夏时节的郊外林园之态。再如第二十回中通过爱娘之口道出清和时节花园的景象:无风无雨,幽雅亭台。九畹轩前,柳阴初密,杏魄争辉,绕砌芝兰,牵衣拂带。骈俪的辞藻、清丽的意象,这些具备文人写意式的美学风韵。

从地域上来看,《林兰香》是一部不折不扣的北方作品,作品中许多地名和风俗与北京城有着极为密切的关系。如作品中所涉及的地理名称,鼓楼街、东华门、东四牌楼、西四牌楼等,都是当时乃至现在北京城中的地名,而所提到的节日如填仓、送穷、祀日、中和等也是清代京城民间一带所盛行的。对此。陈洪在《〈林兰香〉创作年代小考》一文中将《林兰香》的成书时间地点划定在顺治、康熙年间的北京城。正如陈洪所说的那样,由《林兰香》中涉及的北京景观与朝政等观之,作者似生活于清初顺治、康熙年间。而又据书中情节、结构分析,此书成于康熙中期的可能性很大,至迟亦不会至雍、乾。①尽管这部作品属于当时北京地区的作品,读者们从中却不易察觉属于北方作品的粗犷与不羁,与之相反,整部作品充溢着江南的细腻与柔美情调。这显然是经过文人之手处理后的结果。《林兰香》脱胎于才子佳人的雅趣与理性,又对此有所超越,而与之前的《金瓶梅》和《醒世姻缘传》的俚俗风格有所不同,这是第一部具有文人情调的世情作品。

二、园林环境的人物塑造

以园林的景物布局来显示人物的人格内蕴,《林兰香》较早地表现出一种刻意性。作者通过不同人物所占据的位置和风物摆设的不同来表现不同人物的个性特点。尤其是

---

① 陈洪《林兰香今创作年代小考》,《明清小说研究》,1988 年第 3 期。

对燕梦卿的所居环境进行了大篇幅的渲染。第一回中,燕梦卿一出场便被冠以美好名号:论梦卿之德,真乃幽闲贞静,柔顺安详,正是将如悦怿为邦媛,岂止娇柔咏雪诗。论梦卿之才,颖异不亚班昭,聪明恰如蔡琰,正是深明闺阁理,洞识古今情。论梦卿女工,真天孙云锦,鲛氏冰纨,正是玉笋分开郁岸柳,金针刺出上林花。论梦卿容貌,不数秀色堪餐,漫道发光可鉴,正是比玉香犹胜,如花语更真。作者将燕梦卿塑造为一个德容工言俱佳的上等女性形象,从一出场就成为整部作品的核心人物。燕梦卿确实也在实际的行为中印证了作者对其的夸赞。当其父亲遭人诬陷而锒铛入狱之时,她中断了即将来临的幸福而选择了入宫替父赎罪。而当其父亲洗脱罪名、得意回归之时,此时的耿郎已有一妻二妾,燕梦卿又将本来该属于自己正妻的位置拱手相让。在读者看来,这一人物似乎过于执拗,在这些事件面前显得过于保守和刻意。然而这正是作者心中的理想人格的化身,即奉行和坚守封建理学原则而矢志不渝,甚至失去性命也在所不惜。燕梦卿就是这样一个在理想中直面苦难,又在困苦中越挫越勇,不断坚守,最终不得不与命运抗衡的形象。

因而作者随缘下士对于燕梦卿的居所配置是尤为用心的:梦卿所住东一所之南,一带假山,山洞中有小门两扇,可以开闭。山前翠竹千竿,遮住洞门。竹林北曲曲折折的鱼池,水内一亭,便是九皋亭。亭西花厅三间,香兰四绕,便是九畹轩。轩北回廊一座，来回九折，足以迷人，便是九回廊。九回廊之西是东角门，九回廊之北，朱扉双启，花墙数曲，里边是梦卿住房。

梦卿所居之地为香兰所环绕，其中的九皋亭、九回廊使人想到屈原的《离骚》"滋兰之九畹兮"，一种香草美人的意象油然而生。兰草独居深谷而不张扬，其香气清幽雅淡而不媚人，有不与世俗同流的高洁之风，是历代文人理想人格的寄托。然而兰草也因为其不阿谀逢迎而遭人嫉妒和暗害，最终被弃之一旁，故而文人墨客喜用兰草来寄托自己高尚的气节和"嘉而不获"的哀怨。作者在这里用兰草来比附梦卿，也以兰草的意象来暗示读者，梦卿的命运如兰草，将其命运的不幸与自身的高洁联系在一起。作者在作品的开篇不久就分别介绍了各个人物的居所布局：梦卿所居正房五间，中三间为起坐之所……大约五院内的富丽不相上下，若论到位置得法，富而不俗，丽而雅净者，则梦卿爱娘房内为第一，云屏为第二，彩云为第三，香儿为第四。

作者在燕梦卿身上一直体现的是具有美好人格的儒家人士怀才不遇的忧愤。她才貌双全，却匹配质材中等的耿朗为二妻，渴望些许春光，却遭受小人诽谤，最终为夫所弃。作为一个才识兼备的女子，她也如世间所有女子那样渴望得到真挚感情。她曾说：情得相契，则死亦如生；情不能伸，则生不如死。这番话震撼人心。然而她所奉行的理念与这一理想始终是相悖反的。在现实的生活中，处处完美的她不断遭到谗言诟语和猜疑忌妒,这些致她于绝地。从小接受的封建礼教规定她的感情必须是止乎礼的。自身的人生理想、文化素养与周遭恶浊的家庭环境格格不入,独立人格受到了极其严重的诋毁,她的内心油然产生一种深沉的悲思,缠绵婉转,回肠百结,悠长久远,因而梦卿这个悲剧女性的心灵内涵就无限丰富且极为悲苦。梦卿的遭遇不仅是其命运的悲剧,亦是其性格悲剧。自古以来,中国文人喜用夫妇关系比喻君臣。屈原之更是借助"香草美人"的含蓄笔法,通过描述女性貌美而遭嫉妒最后不能见容于夫来比喻自己不得志和不获知。作者在《林兰香》中却反弹琵琶,将翠袖班中的梦卿比为生不逢时的屈原,将女子的独特悲哀比之于屈原之被诬和抑郁而死,使其在男权社会处处以男子为中心的习惯思维下更容易被接受、被理解、被同情。这是一个充满了悲剧性命运的人物形象,与之对应的环境始终给人一种"香草美人"的联系。

除了燕梦卿外,其他人物的性格特点也可以从中找到对应。第六十二回,通过一个旧日仆妇之口道出各个人物的居所特点:

> 那正楼就是林夫人的住房,东西有配楼,暖阁凉台,俱在其内。楼前梧桐树两棵,有五六尺粗,四五丈高。夏日秋天绝好,茂叶阶下,芍药两畦,有二百多本。一色大红,开的时节,满院芬香。楼后有竹子

几百根，叫作凤尾竹。叶长一尺，宽五寸。冬日雪后，分外碧绿。林夫人爱齐整，你说齐整不齐整？东一所便是咱家大爷生母燕夫人的卧房了，亭廊山水，无一不有。卧房前芭蕉七八棵，有丈数高下，坛子粗细，叶子比簸箕还大。太湖石一块，可卧可坐，奇奇怪怪，有千百个连环透明的窟窿，正对着右边的紫荆树。那树虽不甚高，却古气得好看。屋后樱桃树四棵，红红绿绿，挂上金铃，又甚好听。燕夫人爱清雅，你说这清雅不清雅。第三位便是宣夫人了，住在萱草坪北的小楼内。咱家后园新盖的楼，便是照那个楼的样子，只是少那敞阁暖炕的巧妙。楼前二亩大一块萱花，又可吃，又可戴。花开之时，蝴蝶蜻蜓早晚不绝。东边又有葡萄园，园内绿葡萄、白葡萄、马乳葡萄、琐琐葡萄，各样都有。熟的时节，无大无小，无一个吃不着。宣夫人爱活泼，你说这活泼不活泼。所以如今二爷亦是那样活泼的性格。我自入府，便在四娘屋内。四娘便是任夫人了。任夫人最爱热闹，无日不要笑，无夜不要笑。百花厅内，百花亭外，无花不有。使不了的豆蔻粉，用不了的蔷薇露。你说热闹不热闹。如今三爷却不会热闹，一毫亦不折任夫人，真真奇怪。平夫人本住在西直门外，最爱闲散。看山楼的敞亮，揽秀轩的清爽，架上有鹦鹉，盆内有金鱼。春天和暖，无论草本木本，种得有条有款。冬日清冷，无论草香木香，熏得又暖又温。有时亦饮酒，有时亦着棋。常与姊妹们说说笑笑，你道闲散不闲散？四爷如今最好寻山问水，傍柳随花，恰好是平夫人的性格。

这一段是在《林兰香》的故事最后，通过一个侍女之口，道出了府中五位夫人的往事，此时佳人俱逝，其所居园林皆已面目全非，只能通过旧人之口回忆当时场景。仆妇绘声绘色地将这些场景一一呈现，并整齐地对应着几位人物的品性：林云屏的齐整，燕梦卿的清雅，宣爱娘的活泼，任香儿的热闹，平彩云的闲散，甚至各位佳人的子嗣也与之相对应。总之，在这部作品中人物形象与性格始终与其所居之处的环境密切相关。

三、园景与梦境的交相辉映

中国的梦文化源远流长，其影响因子渗透到文学的各个领域。《林兰香》同样也是梦文化的产物。从整体上看来，"人生如梦"的主题一直贯穿着整个作品，"以梦始，以梦终"的行文手法构成了作品的结构。第一回，即以大司空邯郸侯盂征开场，寄旅散人在夹批中说：孟与梦同，征与证同。以梦为证，乃必无之事也。封邑在邯郸者，取梦之一字也。在回评中又说：以工部尚书邯郸侯开场，乃梦梦空空之事也。其余因事命名，大约皆如相如作赋之子虚、乌有先生、亡是公之类耳。末一回结篇于邯郸道吕公祠内耿顺"祈梦"。由此看来,全书表现的就是一场大梦,表现出一种虚无的色彩。小说的核心人物燕梦卿的出现就在一场梦之中,出自"燕姑梦兰"的典故。燕梦卿的一生,有两个关于梦境的叙述。第一个出现在第五回之中,此时燕梦卿待嫁耿朗,燕梦卿梦到:恍惚间走到一个去处,见乔木参天……抬头仰视,从枝间叶底微微透些蟾光,方始辨出南北。在燕梦卿将死之时,第三十五回中梦见:

> 梦卿梦至一处,真是山明水秀,土软沙绵。沿山一带,茂林凌云蔽日,好似座叠翠屏风。绕过树林,见一块燕石,石边一丛兰花,蜂衔不扰,蝶梦方酣,湛露常凝,卿云时护。石后种满萱草,芳馥堪闻,婀娜可爱。沐赤松子之沾濡,胜十八娘之潇洒。其余闲地,都是些荏苒柔茅,含烟带露,虽亦有香,而蚁子蛇儿又觉可厌。水内一派浮萍,忽东忽西,行散行聚,轻似彩彼,烂如云锦……霎时间铺满长空,雨随风至,势若盆倾,烟迷雾障,树林如晦,河水暴涨,泛上岸来。那地上柔茅,随水亦长,转眼有二尺多高。那河内浮萍,飘飘荡荡,直至石下,把石边的兰花淹得东倒西歪。回头看石后萱草,虽未被水淹,但途路辽远,一时认不出归路。正在惊疑,忽喇一声响,如地裂天崩,一切树木兰花萱草柔茅浮萍等,化为乌有,却变

作一块平田，春耕之后，青畦绿畹，历历分明。

这是在梦境中所出现的园林意境，"山明水秀，土软沙绵"对应着耿府的优渥环境。"沿山一带，茂林凌云蔽日，好似座叠翠屏风。"这段景物对应着林云屏本人和其所居之处。"燕石""丛兰"则对应着燕梦卿本人和其处所，"萱草""芳馥"对应着宣爱娘，"其余闲地"则对应着任香儿。"春耕之后，青畦绿畹，历历分明"对应着日后春畹的重新到来和耿府花园的变迁。梦境与现实一一对应，使得一切如梦如幻，似假似真。在燕梦卿将死之时，她似乎意识到其平生所历无非是场梦境，于是将其对梦的感受赋成一诗："梦里尘缘几度秋，卿家恩意未能酬。仙源悟处归宜早，去去人寰莫再留！"表现了人世间的空幻特征和对人生如梦的醒悟。寄旅散人评曰：

> 梦卿之将嫁也，示之以梦。其将死也，又结之以梦。所谓以梦始终者也。中间第三十一回之梦，梦替死也。而梦卿之节义见此回。第二次之梦梦救生也，而梦卿之才智现。至于现形后之梦，梦勖夫也，而梦卿生前之品地现。第六十四回之梦，梦训子也，而梦卿死后之灵明现。第三十九回之梦，梦慰亲也，而梦卿生前死后之心思俱现。嗟乎，此其所以名梦卿也欤！

燕梦卿的一生也是其梦幻的一生。

整个泗国公府实际上并不真实存在，作者的言外之意是：这是一个梦幻的境地。在这一梦幻中，又产生了大量的梦境，几乎每个人物都在梦境中经历一番。如：耿朗相思成梦（第三回）；梦卿待嫁之梦（第五回）；茅大刚叶道摄魂之梦（第九回）；平彩云因思致梦（第十回）；耿朗梦梦卿代死（第三十一回）；梦卿将死之梦（第三十五回）；耿朗梦梦卿和春畹助其杀敌（第三十七回）；康夫人梦梦卿（第三十九回）；春畹梦梦卿（第四十三回）；耿朗思念任香儿之梦（第五十四回）。整部作品中梦境之多，涉及面之广，使人不经意感觉到这就是一个由大梦小梦构成的虚幻世界。随着燕梦卿所居之小楼被付之一炬，这些人的痕迹逐渐淡了下来，其所居的园林皆面目全非，最后只是通过耿家遗留的一个老仆口中呈现出园林昔日的场景。燕梦卿的故事被耿家逐出的李婆和红雨分别编成了剧本《赛堤萦》和《小金谷》传唱。而当红雨被点化出家后，当下众人有能弹词者，便将三弦拾起。然那一篇《小金谷》词儿，却不记得，所以后人无有再唱的了（第六十三回）。燕梦卿的踪迹在人世间彻底消失了。在《林兰香》的开场与结尾处都提到了《金谷园》的戏名，金谷园本为西晋石崇的别墅，经历了一度繁华的时光。

园林与梦境的交织，本质上透露着园林是作为一个幻境存在的。

第四节 《红楼梦》

——园来取景文来借

　　《红楼梦》成书于中国封建艺术文化的繁盛之时,当时,清代的园林艺术在历代文人匠师的兴造构思之下达到了顶峰,在设计精妙、意备景全的私家园林基础上出现了气势磅礴、重峦巍峨的皇家园林。曹雪芹就是在这一时代背景之下用笔绘就了大观园,并使之成为集历代文学经典园林之特色的典范之作。大观园的形神俱全,意蕴无穷之美源于作者绘画般的语言功力,更在于其对园林"借景"技法的巧妙运用。"借景"作为中国园林的重要技法之一,首次载于明代《园冶》一书:夫借景,林园之最要者也,如远借、邻借、仰借、俯借、应时而借①。"借景"之本义,即指设计者巧妙地吸收利用园林周围的山水风物来添补园林自身景色之不足,从而达到化自然为己用的目的,其本质为道家善化万物,本于自然的精神的衍生。造园家通过借景,将无限的宇宙之审美融入有限的尺度空间之中,体现了园林设计者的智慧之精妙。在《红楼梦》中,"借景"不仅仅指园林的技法,更是作者借以营造环境而叙事行文的艺术手法,曹雪芹把本属于园林的技法巧妙地化用到作品创作之中,将"借景"的含

---

　　① (明)计成著、陈植注释《园冶注释》,北京:中国建筑工业出版社,1988年版,第247页。

义扩大化了。根据"借景"对象和目的的不同,可将《红楼梦》中的"借景"归为"园林取景之借景""园林建构之借景""叙事调控之借景"三种类型,前者为造景技法,后两者则为行文手法。

一、园林取景之借景

大观园是曹雪芹笔下精心构筑的桃花源,堪称中国古典小说园林之精品。作者以诗意温婉的语言作为园林的构筑材料,将这座世间无与伦比的园林筑于每位读者的心中。在明清园林建造极为兴盛的风气影响之下,作者也深谙其中的造园理论和法则,将此造园技法于无形之中应用到园林本体的造景之中。"借景"首先表现在大观园的借地和取材方面。建园之前的选址在造园家们看来是一件极为重要之事。明代计成在《园冶》中提到:故凡造作,必先相地立基,然后定其间进,量其广狭,随曲合方,是在主者,能妙于得体制宜,未可拘率。也就是说,造园之前必先相地,只有"因地制宜"才能够考虑园林的设计与建造,因此选址是园林兴造的基础。曹雪芹并不曾忽略这一点,于第十六回叙写了贾府人员对地势情况的一番考量:从东边一带,接着东府里花园起,转至北边,一共丈量准了,三里半大,可以盖造省亲别院了。计成于《园冶》中将造园用地分为山林地、江湖地、郊野地、村庄地、城市地、傍宅地等6种类型。大观园的选地就是典型的傍宅地，也就是说，从一开始建园就是借自家的花园而起造的。此举不仅节约空间、节省人力，还可以将旧宅充分利用，便于游览。而上文所提到的"东府花园"就是"会芳园"，它第一次出现在第五回中：因东边宁府花园内梅花盛开……贾母等于早饭后过来，就在会芳园游玩。由此可知，会芳园的设置和存在并非偶然，它是大观园的前奏，作者在貌似不经意之间点出了这一花园，实际上是为大观园的营造做了小小的引子。沈治钧在《从会芳园到大观园》一文中提到：绛芸轩就是怡红院，梨花院就是蘅芜苑……会芳园是"浊物"的活动基地，大观园则是宝玉和诸艳的人间乐园。[1]可见，会芳园的存在自始至终是为大观园的出现做铺垫。作者在第十一回中透过王熙凤的视角对其进行了一番描绘，大观园的初始面目首次呈现出来，时间在秋日九月之时：

> 黄花满地，白柳横坡。小桥通若耶之溪，曲径接天台之路。石中清流激湍，篱落飘香；树头红叶翩翩，疏林如画。西风乍紧，初罢莺啼；暖日当暄，又添蛩语。遥望东南，建几处依山之榭；纵观西北，结三间临水之轩。笙簧盈耳，别有幽情；罗绮穿林，倍添韵致。

---

① 沈治钧《从会芳园到大观园》，《红楼梦学刊》，2001 年第 4 期，第 251 页。

　　凤姐的驻足欣赏与她的世俗身份似乎并不相符，然而能够让如此世俗之人为之驻足，足见此园的花树楼台、溪桥林泉之精美。如此一来，借此景致（美妙的会芳园）来起造大观园就不足为怪了。如果没有会芳园，凭空建起一座大观园，似乎有些突兀，作者巧妙地借助会芳园这一人间园林完成了向大观园这样的世外仙境的转变，大观园的超凡脱俗借此体现。由此可见，大观园自建之始就采取了"借"这一方式，奠定其整个园林的借景基础，即大观园本身是借来之园。而"罗绮穿林，倍添韵致"一语更是暗含了借人之动景以增情致的借景开端。选址完成之后，便是兴园，山石、泉水、花树等都纳入作者的考虑范围。其中水源是不可多得的要素，陈从周在《园林谈丛》中说：山贵有脉，水贵有源，脉源贯通，全园生动。①大观园中的水源从何而来？这一点在第十六回中有交代：会芳园本是从北角墙下引来一股活水，今亦无烦再引。脂砚斋批注：园中诸景，最要紧是水，亦必写明方妙。余最鄙近之修造园者，徒以顽石、土堆为佳，不知引泉一道。可见，无论是作者还是批注者，都深通"理水"之法，为大观园引入一股活水。正是这股活水的借用，为日后的大观园添来了无限生机与活力。然而"活水"又与"祸水"谐音，预示着大观园里埋藏着一股暗流，这股暗流能够颠覆整个美好世界。除借来水源之外，旧园中的山石树木也得到了充分利用，如第十六回：其山石树木虽不敷用，

---

　　① 陈从周《园林谈丛》，上海：上海文化出版社，1980年版，第1页。

贾赦住的是荣府旧园,其中竹树山石以及亭榭栏杆等物,皆可挪就前来。也就是说,除了园址的借地之外,大观园中的许多要素都是从之前园中挪来的。对旧址和材料充分利用,也体现了当时士人们物尽其用的生态思想和天地万物为我所用的思维模式。

大观园完成之后,便成了众人活动的主要场所,大观园各处景致也随着叙事的发展而逐渐向读者展现开来,"借景"的方式也表现得丰富多样,一如计成在《园冶》中所说的远借、邻借、仰借、俯借、应时而借。如此众多的借景的方式,在作者对大观园的展示中都有所体现。以众人游园的视角来做一个分析:

> 进入石洞来。只见佳木茏葱,奇花闪烁,一带清流,从花木深处曲折泻于石隙之中。再进数步,渐向北边,平坦宽豁,两边飞楼插空,雕甍绣槛,皆隐于山坳树杪之间。俯而视之,则清溪泻雪,石磴穿云,白石为栏,环抱池沿,石桥之港,兽面衔吐,桥上有亭。

游者首先进入的是一个未知的洞穴,作者借助洞穴视线的有限将众人目光聚焦于精华之处,接着从洞中走出,视线豁然开朗。此时对建筑物的观览则采用了邻借"两边飞楼插空"和远借"雕甍绣槛,皆隐于山坳树杪之间",借助山石与树林的空隙来采取远处的景色。最后运用俯视,从高至低遍览全景："俯而视之,则清溪泻雪,石磴穿云,白石为栏,环抱池沿,石桥之港,兽面衔吐,桥上有亭。"此种借景,本质在于变换视角,即所谓"移步换景,步移景动"。

除了园内景物自身的相互借景之外,向园外借景也是一种方式,即纳园外无限的自然风光于园中,使得整个大观园都依托在山水旖旎的风光之中。作者通过黛玉之口吟咏而出:"名园筑何处?仙境别红尘。借得山川秀,添来景物新。"将户外山川之姿加以借用,收外部之景于目中,可见作者的构思之妙、用意之深。

另有一种"窗栏借景",可谓巧妙。李渔在《闲情偶寄》中较详细地探讨了窗栏的重要意义:同一物也,同一事也,此窗未设以前,仅作事物观;一有此窗,则不烦指点,人人俱作画图观矣。①窗栏的设置能够使原本平庸的景色画面感增强,因而"开窗莫妙于借景"。另外,李渔还阐释了"便面""山水图窗""尺幅窗"等几种取景的图式,以及包含在其中的无心成画的理念。大观园中也不乏此类设计。如:潇湘馆满地下竹影参差,苔痕浓淡……窗外竹影映入纱来,满屋内阴阴翠润,几簟生凉。通过窗这一媒介将竹影导入而来,一种竹影摇曳婆娑的朦胧之感由之而生。此类借景,将窗户作为观景的媒介,进行画框式的加工,以期把一览无余之平凡景色,通过窗框限制,从而显得精致而具有画意。

---

① (清)李渔著、沈勇译注《闲情偶寄》,北京:中国社会出版社,2005年版,第186页。

借景对象,除了借用实体空间内的景物之外,还可以借用流动的时间。这种方式被称为"因时而借",即借用时间完成空间的审美构造。本是指造园者利用树蔓花草的季节特征而巧妙搭配种植,使园林在静止的空间基础上呈现出一种时间的秩序感。这种技法反映在大观园中便是春夏秋冬的四季分明,大观园呈现给读者的是一片活生生的景象。春景是:花繁叶茂,红香绿翠,散发着清新灵动气息的滴翠亭一带"滴翠亭杨妃戏彩蝶,埋香冢飞燕泣残红",伴随着浅浅的春愁和无尽的情思随缱绻。夏景是:"满地竹影参差,苔痕浓淡……"的潇湘馆,一股竹丛间传来的凉意与清新之感油然而生。秋景为:"芙蓉影破归兰桨,菱藕香深泻竹桥"的藕香榭。冬景为:"琉璃世界白雪红梅,脂粉香娃割腥啖膻"的芦雪庵。作者绘声绘色将四时之景有条不紊地展现给读者,并将这些时节与不同风格的建筑相结合,使得这些庭院之景因时而活。作者并未按照传统的"因时而借"的方式,将四时之景色一并纳入一个局部的、可以一览无余的空间之内,让游览者一眼能够看到四时的流变;只是将四时之景按照时间顺序一一描绘,为每一个时节都安排一个与之相配的场所,以季节特征来体现不同的建筑风格:春日沁芳闸之幽思,夏日潇湘馆之清凉,秋季藕香榭之旷静,冬季的芦雪庵之暖意。能够将面积广阔、建筑繁多的大观园表现得绚丽多姿,真实美好,繁而不乱,在于其巧妙利用了一地一景、一时一景的描绘方式,此乃"因时而借"的新突破。

大观园为虚拟园林,但其空间和景物依然有限,作者运用"借"的技法使读者肆意畅想,将人为造就的景致变幻得造妙天然,大观园由此呈现出气象万千之态。恰如明人孙国光在《游勺园记》中所说的:园不依山依水依古木,全以人力胜,未有可成趣者,其妙在借景,而不在造景。[①]

二、园林建构之借景

除了大观园本体自身的借景之外,大观园的营造和布局也采用了"借景"方式,即借用现实园林布局的匠心立意来建构大观园。明代以来的园林在追求雅致境界的同时也形成了一套特定的章法,从题材主题的选择到整个园林的布局,从色彩的运用到意境的营造,都表现出匠心独运的时代气息。大观园作为一个虚拟的园林,其最大的优势在于可以随意将各个园林的景致和创意进行组合拼接。周思源说:大观园综合了我国北方皇家园林和南方私家园林的共同特色,是二者相结合的典范。[②]大观园的空间之大、地域之广,与北方的皇家园林相似;大观园中景物设置之精妙、立意之深刻,则直接承袭了南方私家园林的构思。而作者本身在创作过程中就带有几分"匠人"的特点:他将自己置

---

① 陈从周、蒋启霆选编,赵厚均注释,《园综》,上海:同济大学出版社,2003年版,第4页。

② 周思源《欲明〈红楼梦〉,须至大观园——从创作角度谈大观园无原型》,《红楼梦学刊》,2002年第4期。

身于最高点，对整个作品局面进行梳理和把控，故事的环境设置当然也在其运筹范围之内。大观园的布局庞大而清晰，源于作者的匠心巧思。但曹雪芹毕竟不是专门的造园艺术家，之所以将大观园塑造得如此成功，是因为其对现实园林匠意的采用。

大观园的多处景致皆借用了拙政园的匠意。如入口处："只见迎面一带翠嶂挡在前面。众清客都道：'好山，好山！'贾政道：'非此一山，一进来，园中所有之景悉入目中，则有何趣？'众人道：'极是。非胸中大有丘壑，焉想及此。'"翠嶂遮蔽游人的视线，要观览园中景色需从山中之洞穿过，其匠意显然是取自陶渊明《桃花源记》中武陵人偶然发现桃花源的故事。而这也正是现实中的拙政园的匠意。拙政园大门在东西两住宅区的中间夹弄，经过一番曲折寻觅，才能找到一个腰门。入门后，一座黄石假山当门而立，山上植有许多草木，俨然一绿色屏障。假山上设有山洞，沿着细小的洞口摸索前行，就能出洞，出洞口有一个小池，绕池走到远香堂，豁然开朗。

潇湘馆中隐隐能发现沧浪亭的影子。仰止亭的亭柱上有吴昌硕所写的对联："未知明年在何处，不可一日无此君。"联语下的题识借东晋王子猷爱竹的典故咏竹寄情。沧浪亭山楼东西南三面均种竹，有各类竹子二十余种，微风拂过，竹叶如细雨般悠然散落，万竿摇空。夜晚月光掠过竹枝，疏影斜洒，如烟似雾，书斋翠玲珑掩映在竹林之中。这样看来,潇湘馆就似一个大的翠玲珑,与整片竹林保持了色调和风格的统一。

拙政园里的"留听阁"之名,出自李商隐的"留得枯荷听雨声"之句。留听阁是拙政园最西端的建构,北以青山为屏,南临水台,是此园赏水听声之处,仲秋季节,于此聆听雨打残荷的滴答声,有着秋日无尽的缠绵意味。这不仅让人联想到《红楼梦》第四十回写众人游大观园,宝玉嫌"破荷叶可恨",急着要把池中的残荷拔去,林黛玉却道:"我最不喜欢李义山的诗,只喜他这一句:'留得残荷听雨声。'偏你们又不留着残荷了。"可见,作者是有意地将拙政园留听阁的设计运用到此处的。

大观园中的蘅芜苑和稻香村两处则隐现着苏州留园的影子。蘅芜苑给读者的印象为"清厦旷朗""雪洞凝霜""奇草仙藤愈冷逾苍翠"(第四十回),这与有"寒碧山庄"之称的留园有许多相似之处。在清代乾嘉时期,园归东山主人刘恕,以"竹色清寒,波光澄碧",且多植白皮松,有苍凛之感,因名"寒碧山庄"。又因地处花步里,又称"花步小筑"。揖峰轩南敞屋悬匾"洞天一碧",本为米芾钟爱之石,此屋的后墙及左右侧墙都植有青藤蔓草。将实景与作者所呈现的景象对照之后,不难发现其模仿的痕迹。

大观园中的"稻香村",又是根据留园的一景而来:留园中也设有农田村野之景象。从"又一村"月洞门进入北部,柳暗花明,但见洞门里面葡萄架代长廊,花时一片绚烂,山水葱郁。地方空旷,竹林梅树,绿杨,桃杏,菜畦,豆架,一派江南田园风光,别有天地非人间。人们将这样的村野农田设为园中一景,旨在寻找曾经失落的净化空间、安逸情怀以及上古遗存的传统淳朴的民俗文化氛围。而《红楼梦》第十七回中对"稻香村"的描绘为:"转过山怀中,隐隐露出一带黄泥筑就矮墙,墙头皆中稻茎掩护。有几百株杏花,如喷火蒸霞一般。里面数楹茅屋。外面却是桑、榆、槿、柘,各色树稚新条,随其曲折,编就两溜青篱。篱外山坡之下,有一土井,旁有桔槔、辘轳之属。下面分畦列亩,佳蔬菜花,漫然无际。"一幅"一畦春韭熟,十里稻花香"之景,充分表达了作者葆有回归自然、返璞归真的原始情怀。

另有大观园中的飞瀑流水,当是根据环秀山庄中的"飞雪泉"构思而来的。环秀山庄本名"适园",于清代道光年间更名"环秀山庄",在明代曾一度归申时行所有,到清朝乾隆年间,刑部员外郎蒋楫(字济川)购得重修,掘地三尺得泉,水质优美,蒋楫以苏东坡试院煎茶诗中"蒙茸出磨细珠落,眩转绕瓯飞雪轻"之意题名为"飞雪泉"。雪泉淤塞已久,疏通后,源源不绝,有瀑布之观。陈从周说,瀑布除环秀山庄檐瀑外,他则罕有。大观园中的"沁芳溪"同样类似瀑布倾泻而下:"清溪泻雪,石磴穿云","忽闻水声潺湲,泻出石洞;上则萝薜倒垂,下则落花浮荡",读之如见水势,如闻水声。可见大观园中的瀑布之观是模仿"飞雪泉"而来的。

由此观之,大观园的许多景观和布局都能在现实园林中能找到模本。曹雪芹以自身对现实生活体验为依据,凝聚和提炼了现实中园林的精华,将中国古代园林最精致美好的一面汇集于大观园之中,借现实园林之匠意以构文中之园林。而这种大篇幅的借用毫无生硬之感,一切的组合和拼接都是那么自然巧妙。正是这种巧借,使得大观园形成一个有机的统一体,并且主次分明,疏密相间,山脉水流各得其所,阡陌桥廊交错相连。在园林营造日益模式化的清代,"不落富贵俗套"的大观园的出现无疑是一个崭新的突破。

三、叙事调控之借景

《红楼梦》的"借景"之巧妙,不仅仅体现在大观园的取景和园林构思之上,作者更是将"借景"这一技法应用到叙事调控之中,突出了作品叙事的节奏之美。对于景物的刻画和描绘,向来是中国古代小说中的一个较为薄弱的环节,中国古典小说在面对状景与写人的矛盾之时,无例外地以写人为主,环境总是作为人物性格发展的必不可少的有机组成部分展现在读者面前,多以"点到"为限,绝无游离人物性格发展的"多余的话"。《红楼梦》的写景之处也同样如此,园中景致如精灵般细小而精致地分散在作品的每个角落。尽管如此,《红楼梦》依然给读者留下满纸的诗情画意。园中图景纯净灵动,清丽脱俗,宛然一幅幅绝妙的写意之作,不由得令人陶醉于醇美之中,这些都归之于作者"重神不重形"的写景技法,通过园中的声、光、色的综合渲染来表现园林的神气韵致。因而《红楼梦》给读者的感觉是自始至终"描述"式的语言,即一种场面性的、诗意性的、现实性的描述语式。这种描述式的语言本身就带有一种真实性和客观性,使得叙事者与故事人物之间的距离缩短,在叙述视角当中常常合而为一。读者的思维穿梭于作品之间,获得了更大的自由想象空间。

《红楼梦》中的写景之妙在于整部作品中丝毫没有点缀之迹象,这些景色描写作为叙事的有机组成部分自然而恰当地嵌合在文本中,正是这种自然的嵌合使得景物描写在叙事过程中承担了较为重要的作用。除了渲染气氛,烘托人物性格之外,更为突出的作用表现在控制叙事节奏上。"节奏"一词最初作为音乐的主要元素出现,是时间流程中规律性出现的强弱长短现象。节奏是传达美感的重要途径。朱光潜说:一切艺术最终都以逼近音乐为旨归。[1]而《红楼梦》的叙事节奏主要表现在叙事情节的速度和叙事情感的力度这两种形式上,正如格非所说的:在所有的故事叙述技巧中最为重要的手段之一,就是调整好故事的强度和速度。[2]《红楼梦》中景物描写很大一部分功能就是充当了

---

① 朱光潜《朱光潜全集》(第三卷),合肥:安徽教育出版社,1987年版,第123页。

② 格非《小说叙事研究》,北京:清华大学出版社,2002年版,第60页。

事件的引线和媒介，从而改变叙事的速度和强度。作者尤其善于利用园中景物如假山、窗子、花木等作为媒介来对正在进行的故事情节进行暂时阻断，遮挡正在进行的叙事视角。这样的结果使得叙事容量在有限的空间内增多，情感强度和情节速度发生变化，叙事节奏由此得到了调控。

首先是情感力度的调控。故事中当事人的情感随着景物的出现和穿插，情感冲突愈演愈烈，情感力度逐步上升。如第二十六回写黛玉到怡红院寻宝玉，却在门前因晴雯的误解而遭拒，从而引来了她的一段愁思：（黛玉）越想越伤感，也不顾苍苔露冷，花径风寒，独立墙角边花荫之下，悲凄凄呜咽起来。映衬着冷露寒花，当事人感伤之思绪开始浮动，凄婉之情接连涌现，再由墙角和花阴的衬托，这股情感似乎变得更为深邃冷峭，从而更添一份孤寂冷寒之情。而情感的发展并未到此而止，作者紧接着设定了这样一个图景：不期这一哭，那附近柳枝花朵上的宿鸟栖鸦一闻此声，俱忒楞楞飞起远避，不忍再听。真是花魂默默无情绪，鸟梦痴痴何处惊！到这里，感情的强度到了最高。作者避开了人物情感的正面描写，借用了"鸟栖枝头不忍闻"这一景象，将人物的情感烘托至高潮。黛玉本身的气质天性与此景搭配，使得此景倍增凄凉飘零之感，人与景之间互为衬托，人因景而发悲音，景借人而愈凄凉。动景的出现更是打破了这个局面，从而使得哀婉之情得到了升华，故事思维情节也随之顺延下来。中国传统的自然观主张人与自然互养互

216

园林与明清世情小说叙事

惠,以上园中景色是透过林黛玉的视角展现出来的,配合了林黛玉多愁善感的性情而展现得愈发淋漓尽致,景因人而愈秀,人因景而愈哀。可见景物在其中的作用:情节发展的催化剂,作者借助诗化的景物将文中人物的情感和事件进行升华。在这里作者对场景的侧重和强调,也借用此景抒发了作品人物的情绪,映射了作者的人生体验。这样一来使得小说虽为时间艺术,但给人留下的往往是空间感,时间反而常常被"忽略",通过空间感的张力作用,将人物与景色的画面统一起来,一种诗意的审美情调寄存于这种手法中。

其次是情节速度的调控。在此类的叙事中展现的景色往往是静态的,而事件是突发的、灵动的。作者借助园景描写起到舒缓叙事的作用。如大观园建成之后,故事的叙事节奏较之之前的叙事明显放缓。前面用二十余回铺叙了从女娲补天到如今现世,却用近六十回描写了三年的光景。作者借用这个缓和的过程,将大观园诗意般的叙事如诗如画般展现。在作品中,景物描写总是穿插于两个情节事件当中的,通常由这样的词语来连接:"正自……,猛然……""刚欲……,只听……"。这些词连接了景物与事件,将静态的景色与动态的事件结合起来。如《红楼梦》第十一回"庆寿辰宁府排家宴 见熙凤贾瑞起淫心",写凤姐儿带领跟来的婆子、丫头并宁府的媳妇、婆子们,从里头绕进园子的便门来。但只见:黄花满地,白柳横坡。……凤姐儿正自看园中的景致,一步步行来赞赏。猛然从假山石后走过一个人来,向前对凤姐儿说道:"请嫂子安。"凤姐儿猛然见了,将身子往后一退,说道:"这是瑞大爷不是。"借王熙凤观会芳园之际,猛然走出了贾瑞,从而引出了后面的故事:凤姐设局,贾瑞中计。会芳园的景色本为清雅静婉的,而就是在这样一个如仙境般的景色之下跳出一个庸俗不堪的贾瑞,让读者心里产生一个极大的落差。景为静态之景,事为动态之事,一动一静之转换,使得文章的叙事速度由慢转快。再如第二十六回,贾芸正在思索手帕之事,突然无意间听到了红玉与佳蕙的对话,随后宝玉派人来请贾芸,在去往宝玉处的路上又与红玉不期而遇,本来这是一个较为明快急促的叙事链条,作者偏偏在中间插入了一段景致:(贾芸)只见院内略略有几点山石,种着芭蕉,那边有两只仙鹤,在松树下剔翎。一溜回廊上吊着各色笼子,笼着仙禽异鸟……作者有意将叙事速度放缓,叙事时间逐渐大于故事时间,大篇幅的景物描写使读者的注意力由贾芸与红玉之事平稳过渡到贾芸与宝玉这边来,同时借此机会道出了怡红院的全景。景物描写的作用,除了为读者增添了无尽的视觉盛宴,将文中的诗意美和灵动的神韵展现开来之外,在叙事节奏上起到了缓冲作用,避开了叙事的急促感,使读者的思维暂时舒缓,神思得以畅游。可见,借景是一种游走性思维,由远及近,由此及彼,外景内心被此思维贯穿起来,使读者体验其中而不自知。通过一景引出一个情节,消除了叙事情节连缀的紧迫感,使得整体的叙事节奏明快而柔缓,从而使得整个故事节奏温情而诗意，如昆曲的曲调婉转悠长而充满了画面感。借景以叙事，不仅仅为大观园增添无尽风光，更为大观园的塑造和《红楼梦》的叙事提供了更多的素材。园景的借用使得故事结构的全景式，共时性的特征显得更为自然有序。伴随着园中景致的唯美意象，读者能够以随心适意的状态去完成对作品的浏览，叙事线索脉络虽多杂，但叙事节奏稳健而轻灵。

如果说《红楼梦》是从人类开辟鸿蒙之始发生，在大的混沌的空间背景下进行的话，那么大观园的空间设计则细微有序得多。作者对大观园的园林设计是独具匠心的。他化用园林的"借景"技法将深情绵邈的情思和解之无穷的意蕴倾注在这一微缩的空间当中，从而赋予大观园以及整部作品独特的审美特征和意义。借景的本质是人对周围事物的顺应和接纳，是主动配合调动周围环境的过程，将相关的因素收纳和化用，最终达到和谐美妙的效果；借景是一种智慧的体现，是天地万物为我所用的气魄和豪迈，正是"借景"技法将《红楼梦》的园林之美与文学之美融合在一起。

第五节 《歧路灯》

——以碧草轩为代表的书房情节

《歧路灯》是首部以教育为目标的小说,由清代河南宝丰人李绿园创作,全书共六十余万言,共一百〇八回,在世情小说史中,是一部具有重要转折意义的作品。此书创作时间较长。作者在自序中说:盖阅三十岁以迫于今而始成书……以舟车海内,辍笔者二十年……乾隆丁酉八月白露之节,碧圃老人题于东皋麓树之阴。①可知李绿园创作《歧路灯》始于乾隆十三年,即1748年,成书于乾隆丁酉,为乾隆四十二年,即1777年。在近三十年的时光打磨一部作品,作品的质量是有所保障的。然而这样一部优秀的作品,在其传播的过程中似乎并不顺畅。蒋瑞藻说:前辈李绿园先生所撰《歧路灯》一百二十回,虽纯从《红楼梦》脱胎,然描写人情世态毕露,亦绝世奇文也,惜其后代零落,同时亲旧又无轻财好义之人为之刊行,遂使有益世道之大文章仅留三五部抄本于穷乡僻壤间。此亦一大憾事也。②在其流传过程中,一直以抄本的形式存在,直到1924年才由杨愁生、张青莲等依据新安传抄本,于洛阳清义堂将其石印,石印本卷

---

① (清)李绿园撰、栾星校注《歧路灯》,郑州:中州书画社,1980年版,第3—4页。

② 蒋瑞藻《小说考证》(第八卷),北京:古典文学出版社,1957年版,第206页。

首载有杨愚生序、张青莲《歧路灯书后》（跋）。然而作品的
传播形式并未减弱作品的艺术价值，它重新被后人挖掘出
来，并被给予了较高的评价。宝丰人杨淮在《国朝中州诗
抄》中评价《歧路灯》：书论谭姓之事，其父子兴败之由，历尽
崎岖，凡世之所有，几无不包。且出以浅言絮语，口吻心情，
各如其人。醒世之书也。稿流传归淮家，待梓。在这些研
究者和评论者中，朱自清对此部书的评价较为客观。他在
题材内容上将之归为"败子回头"的讲理学的书，从结构上
来说，认为这部作品不亚于《红楼梦》和《儒林外史》，可堪称
是中国第一部真正完整的长篇小说。由此可见，《歧路灯》
在价值上非同一般。

一、"碧草轩"的曲折历程

园林庭院在世情小说中广泛出现，在《歧路灯》中也不
例外。然而在这部作品中，因为作者善于运用白描的艺术
手法，所以并未对园林展开幅度特别大的描绘，在其中出现
的多是一系列的书房小院，而非一系列花柳繁茂的露天园
林。在此作品中着墨较多的有两处景致：一个为碧草轩，另
一个为南园，这是一文雅一朴实两种风格的园林风貌。《歧
路灯》中所运用的一个重要的艺术手法就是其简洁有力的
白描手法，白描手法对人物或场景的刻绘着墨不多，但笔力
深，寥寥数语就表现出逼真的形态和场景，从作者简省形象

的语言中我们能够提炼出碧草轩和南园的景象意缊。

"碧草轩"是《歧路灯》中的一个频繁出现具有象征意味的场所,在小说第一回中就有对"碧草轩"的介绍说:原是五百金买的旧宦书房,谭孝移每日在内看书,或一二知己商诗订文,看园丁蔡湘灌花剔蔬。①作品的开篇就对碧草轩的性质做了一个限定,那就是官宦之家用来读书养性的传统书房。前十二回为主人公之父谭孝移在世时一个片段,这个段落主要写主人公谭绍闻幼时的生长环境和从师历程,以及其父谭孝移敏锐地意识到教子问题的重要性、迫切性和严重性,为谭绍闻日后的堕落埋下了伏笔。第一回写谭孝移不远千里去老家修谱祭祖,由此直接引出全书,又为全书的收结伏下千里之脉。第十三回至第八十二回,碧草轩经历了种种形态的变化。书房作为读书人的精神圣地,曾是清雅高洁的所在,小说第五十七回写到碧草轩雨中美景:

> 细雨洒砌,清风纳窗,粉节绿柯,修竹千竿添静气。虬枝铁干,苍松一株增幽情。棕榈倒垂,润生诸葛清暑扇。芭蕉斜展,湿尽羊欣待书裙。钱晕阶下苔痕,珠盛池中荷盖。说不尽精舍清趣,绘不来记室闲情。②

---

① (清)李绿园撰、栾星校注《歧路灯》,郑州:中州书画社,1980年版,第3—4页。

② (清)李绿园撰、栾星校注《歧路灯》,郑州:中州书画社,1980年版,第533—534页。

随着谭绍闻的成长,这一传统的书房形式发生了变化,从作品的第十三回起,主人公谭绍闻由于父亲的去世、母亲的溺爱而疏于管教,又在"匪人"勾引下,开始走上堕落道路,碧草轩随之由读书修身的场所逐渐变为戏子的歌舞场地,虽然谭绍闻几度有悔恨之意,誓志改过,但终因抵不住夏逢若之流的拉拢引诱,在堕落的道路上越陷越深,以致后来在家里开赌场、烧丹灶、铸私钱,走到"上天无路,入地无门"的地步。第八十八回中再次出现了碧草轩的情形,此时以谭绍闻为代表的谭家正处在衰败时期,曾经的旧日书房成了"包办酒水席"的"西蓬壶馆",只剩下一株弯腰老松。最后在族人和忠仆的帮助下,谭绍闻彻底悔悟,迷途知返,从一个堕落的纨绔子弟走向正途,于是碧草轩又经历了另一场形态的变化,由餐饮娱乐之场变为之前的书房,第一百零六回最后一次显示碧草轩的形态:谭绍闻父子俱金榜题名,谭家繁荣兴盛,碧草轩较之谭孝移在日,更为佳胜。碧草轩的历程象征着一个纨绔子弟的变化历程,这种变化不是单一地由好变坏的过程,而是经历了"堕落—反思—堕落—回归"的过程。整部作品以谭绍闻的人生路径作为明线,以碧草轩的辗转流变作为暗线。整个结构首尾呼应,大开大合,滴水不漏,圆如转环,而其间纵横交错,经纬相间,脉络贯通,层次分明,一部百余回之大作,犹如一篇短文那样紧凑谨严。在我国古代长篇小说中,如此精妙的结构形式,只有《金瓶梅》和《红楼梦》可以与之媲美。

　　纵观《歧路灯》全文,未曾对一个家族的园林进行营造和铺排描绘。作者专注于若干个宅院书房,将之作为功能性的物象来贯穿整个作品的叙事。李绿园在《歧路灯》中表现出前所未有的对书房的钟爱之情,使得小说环境弥漫着浓浓的书卷气和一种文人情怀。在《歧路灯》中出现的书房有十余个,每个书房皆有较为深意的名称。如娄宅书房名为"崇有轩",是因娄氏父子"崇信义,有先王之遗风",寄寓着作者对娄潜斋父子崇尚信义、有先王时代君子之风的褒举之意。而盛宅书房名为"内省斋""退思亭""补过处",则寄寓着作者对盛希侨的针砭,表现出李绿园对"浪子"的劝诫与警醒世人的情怀。而对"袖风亭"的命名,则是对官场受贿徇私的诛心之笔。不同的书房命名,表达着李绿园对笔下人物的不同感情。碧草轩作为贯穿小说始终的书房,是谭家命运的见证者,碧草轩与谭家命运密切相关。与碧草轩紧密相关的是"用心读书,亲近正人"的八字小学,这也正是作者的创作主旨。依我们看来,李绿园之所以让碧草轩成为贯穿小说的"道具",是有着深刻寓意的,即碧草轩的合理利用与否决定着谭家的兴衰。因而碧草轩这时已不再是一个简单的书房,而是一个象征着谭家命运的意象,它的起落流转、繁荣盛衰映射着谭绍闻一家的命运。

二、书房情节的根源之探

1.忠孝家风的浸染

《歧路灯》中独具一格的书房情怀,并非只是作者的一念之间,而是有着深厚的家族渊源和教育理念背景。李绿园是在一个具有优良的忠孝家风的氛围中成长起来的,几代先人都作出了表率。首先从作者的家族说起。作者出生于一个传统的持有忠孝观念的传统家庭之中。其祖父为李玉琳,是一个普通的农村秀才,据清襄城刘青芝记载:康熙辛未岁大饥,玉琳兄弟方谋奉母就食四方。会洛阳岁试,玉琳乃留试,遣弟玉玠负母赴南阳去矣。试竣,持七十钱,星夜奔迹,抵南阳之梅林铺,音问渺然。值日将暮,技穷情急,乃坐道旁呼天大号曰:"我新安李某也,寻亲至此,已八百里,足茧囊,而亲不可得,独有死耳!"……坐间,忽心动若有迫之者,曰:"起!起!汝兄至矣。"急出户,闻号声乃前,与玉琳相持泣归。①(《江村山人续稿》卷二《宝丰文学李君墓表》)这段文字记载了李绿园的祖父背母逃难、试后寻母的感人故事。人以文传,加以孝行在当时当地是被作为嘉行懿德来看待的,故而这个故事被广泛流传,历代地方志多予称引。据研究者栾星等人的研究,这里所提到的地名新安

① 栾星《歧路灯资料研究》,郑州:中州书画社,1982年版,第13页。

马行沟,为李姓聚集的村庄,李氏家族在李玉琳之前未有闻人,家族为素族,李玉琳也只是一个普普通通的农村秀才。因当地遭遇天灾,李玉琳一族不得不扶老携幼外出逃荒,遂离开了新安。最终于康熙三十年到汝州宝丰县的宋家寨安家,在这里靠教书育人置办起一份家业。卒后归葬于新安苏园。李绿园的父亲李甲,同样也是一位当地闻名的忠孝子弟,由刘青芝为之写的碑文:乾隆戊辰,宝丰李子海观将葬其父文学君,乃先以状,来乞表墓之辞于余。余读状,乃知文学君,即余向所闻寻母李孝子玉琳之子,而玉琳为海观之王父也。玉琳自南阳归,即卜居宝丰之鱼山,家焉。文学君讳甲,因隶宝丰学,补博士弟子员。①即李绿园的父亲李甲为孝子李玉琳之子,生于新安,在宝丰作为庠生的一员。从碑文上所载李甲的事迹来看,李甲也是一位在行动中有孝行之人:及玉琳殁,仍归葬新安祖茔。宝丰距新安六百里,文学君春秋霜露,袛荐频繁,历数十年不衍期。后以年暮,子弟请间岁行之,君已诺焉。夜半,忽招诸子至榻前,涕泪横流曰:"吾适梦汝入祖墓中,面如生存,至今恍然在吾目。"因仆地哭,不能起。黎明即就道,赴新安省墓。②李甲在其晚年之时仍然不辞远路,为父亲扫墓,可见其孝道之义。李绿园就出生在这样的一个家族,几代人的孝廉为李绿园树立了榜样。李绿园就在这样一个"孝子门庭"濡染之

---

① 栾星《歧路灯资料研究》,郑州:中州书画社,1982年版,第13页。
② 栾星《歧路灯资料研究》,郑州:中州书画社,1982年版,第13页。

下,形成了他的创作思维。

2.取材于生活经历

《歧路灯》的作者李绿园是一个依靠读书中举而进入仕途的传统文人。他幼时进学,青年中举,之后任过知县,走了一条封建社会标准的文人士大夫阶层的路径。李绿园文学造诣高深,有着良好的修养与鲜活的艺术创造力。他虽然崇尚理学,但并不是一个刻板的、死守教条的教书先生。现实的磨砺与宦海间的形形色色,使他接触到了各类人物,这就为《歧路灯》的创作奠定了基础。

有关李绿园的平生,出现在道光二十年所修的《宝丰县志》里:李海观字孔堂,号绿园。祖居新安,迁于县七里宋家寨。乾隆丙辰恩科举人。沈潜好学,读书有得,及凡所阅历,辄录记成帙。每以明趋向、重交游,训诫子弟。[①]李绿园的幼年是在家乡度过的宋家寨在宝丰县治东南,北濒滍水,西依鱼山,宝丰南境与襄城、叶县及鲁山比邻。宋家寨就位于伏牛山东麓浅山区中,不仅有诸多历史遗迹,也是景色秀丽的地方。杨淮曾记:其地左林右泉,为吾邑东南胜区。这些都为李绿园留下美好的记忆。在李绿园诗文中有十多篇是叙写家乡风土人物的,在其笔墨中透着他对家乡的浓浓情感。其中更多的是写关于鱼山的诗,他谈及在鱼山度过的童年:"抱书此地童龄惯,坐数青山借草茵。"少年的他抱

---

① 栾星《歧路灯资料研究》,郑州:中州书画社,1982年版,第16页。

着书囊看着这里的群山，每日往返于山寺村落之间，这里给他留下了美好的记忆。李绿园从十三岁入城应童子试，至三十岁时考取了举人。刘青芝对李绿园的印象为"忧世之怀，壮行之志，殷殷时露行间"。①

《歧路灯》创作之时，李绿园已到中年，此时他阅历了人间冷暖，其身后的子嗣陆续成长起来。《歧路灯》中的主人公谭绍闻身上隐约闪现着李绿园四个儿子的影子，可以说谭绍闻的人生历程乃是四个儿子人生历程的一个拼凑。李绿园首娶余氏早卒，约于乾隆初续弦于鲁山潘氏。据《新安李氏族谱》，李绿园长子为余氏出，次子、四子为潘氏出，三子为妾张氏出。②李绿园四子，蘧中进士，范为廪贡生，葛为拔贡，惟菔无闻。李绿园青壮年时一意于自身的进取——这对科举时代的读书人来说是不难理解的，对菔失教，范无寸进，责以料理家务。葛性放肆，因乡邻口角，放纵家人用生石灰瞎了对方眼睛，事经官府，抵罪充军。③其长子是一个失教之人，李绿园对之感到忧心和失望；而对于次子的得志与上进，他是感到欣慰的。《歧路灯》表面上是对后代子弟的一个警示，实际上暗含着作者的家世背景，和李绿园对子孙后代的一种评判。

---

① 栾星《歧路灯资料研究》，郑州：中州书画社，1982年版，第16页。
② 栾星《歧路灯资料研究》，郑州：中州书画社，1982年版，第262页。
③ 栾星《歧路灯资料研究》，郑州：中州书画社，1982年版，第262页。

　　家族门风的正统与保守,再加上李绿园自幼年以来受到的环境的熏染,使其在创作的观念上偏向理性和功能性。孔宪易分析了李绿园的家世生平、思想和创作《歧路灯》的意图,他认为:李绿园一生大部分时间,是居住在河南西部交通闭塞的山区里,河南是理学名区,李绿园的家乡宝丰又是"醇儒"李宏志(桥水先生)讲程朱之学之地,这对青少年时期的李绿园的影响是比较深的……一从柏永龄论嘉靖"大礼"一事中的"天下无不是的父母","天王圣明兮,臣罪当诛",这种"天经地义"的程朱学派的思想,正表现着当时河南一般恪守程朱理学的知识分子的精神状态,书中不过用谭忠弼这个形象,给他反映出来而已,这样正符合清统治者提倡程朱理学的目的。①其实作者本人的思想正如他在《歧路灯》序言中所表达的对流行于当世的一些小说和戏曲作品的看法一样,时时刻刻不放弃对正统观念的追求。他评价"第一奇书":若夫《金瓶梅》,诲淫之书也。亡友张揖东曰:此不过道其事之所曾经,与其意之所欲试者耳! 而三家村冬烘学究,动曰此左国史迁之文也! 余谓不通左史,何能读此,既通左史,何必读此? ……此不过驱幼学于夭折,而速之以蒿里歌耳。在论及《西游记》时,他说:至于《西游记》,乃演陈玄奘西域取经一事,幻而张之耳。……安所得捷如猱猿,痴若豚豕之徒,而消魔扫障耶? 惑世诬民,佛法

---

① 孔宪易《李绿园和他的〈歧路灯〉》,《河南图书馆季刊》,1981年第2期。

所以肇于汉而沸于唐也。①李绿园认为:《水浒传》诲盗,使乡间无识恶少,仿而行;《金瓶梅》一书,诲淫之书也,是驱幼学夭折,而速之以蒿里歌耳;《三国演义》歪曲事实,失其本来面目;《西游记》幻而张之耳。皆为惑世误民之作。可见,作者对纯粹性的娱乐作品并不十分认同。此外,李绿园还批评:唐人小说、元人院本,为后世风俗大蛊,是伤风败俗、毒害人心之作;王实甫《西厢》、阮圆海《燕子笺》等出,皆写男女幽会之事,不堪入目。李绿园认为,只有《桃花扇》《芝盒记》《悯烈记》,才写出忠孝节义,所以,仿撰《歧路灯》,可见作者的文艺观和创作观,及其创作《歧路灯》的意图。李绿园主张作品的劝世醒世功能,对于那些单纯以娱乐观众、无关世事的作品不屑一顾。因而在李绿园的作品中,我们很少能够看到那些点缀性铺排式的话语,在其所构思的故事环境中很少有对某个处所地点进行细致描绘。在李绿园的思维观念中,只有书房才是家族子弟们必须的去处,其他场所皆是无用之地。

三、"碧草轩"与"南园"——歧路下的一盏明灯

《歧路灯》借鉴和继承了《金瓶梅》等世情小说的结构形式,以一个家庭为中心,围绕一家的盛衰而扩及当时整个社

---

① 丁锡根《中国历代小说序跋集》,北京:人民文学出版社,1996年版,第1635页。

会。所不同的是，将家族集中到个人，主旨与立意放在子女教育问题上。从第一回起，写谭孝移（谭绍闻之父）不远千里去老家修谱祭祖，其间写到了谭孝移从直觉中意识到了子女教育的严峻性，同时也为谭绍闻日后的堕落埋下了伏笔。谭孝移为幼子的教育问题一直颇为忧心，第九回写到他人虽然身在京城，但心系千里之外，甚至在梦中心系幼子，于是在碧草轩中上演了这样一个梦境：

> 孝移径至碧草轩。方进院门，咳嗽一声，只见大树折了一枝，落下一个人来。孝移急向前看，不是别人，却是儿子端福摔在地下。急以手摸唇鼻，已是气息全无。不觉号啕大哭，只说道："儿呀，你坑了我也！"德喜儿听得哼哼怪叫，来到床边，急以手摇将起来，喊道："老爷醒一醒。"孝移捉住德喜手哭道："儿呀，你过来了？好！好！"德喜急道："小的是德喜。老爷想是做什么噩梦，速速醒醒！"这孝移方觉少醒些，说道："只是梦便罢。"

这场梦发生的场地是碧草轩，端福（也就是谭绍闻）也是在这里跌落的，预示着日后谭绍闻在读书科场中的迷失与碧草轩日后的没落。碧草轩首先发挥的是一个警示的功能。谭孝移在时，谭家处于稳定的上升时期，碧草轩一片雅静，是读书论道的好地方。而当谭绍闻走向不归途之时，碧草轩变为一个歌舞场，将茅拔茹的"霓裳班"引入书房中。

这一点甚至引起了一向溺爱儿子的谭母的反感：怎么一个书房，就叫戏子占了，谁承当他的话？越发成不的！你这几年也不读书，一发连书房成了戏房了。可见谭母对谭绍闻领了戏班而不读书是颇有看法，认为他违背了其父所留的家规，破坏了正统社会的伦理道德。她话语中虽然提及"读书""规矩""好好人家"等词，虽然也对戏子不满，但是在得了绍闻的三十两银子的"封口费"后就不再言语，只是到了绍闻改邪归正后，她回忆起家道败落的过程，才幡然醒悟，认识到丈夫谭孝移的远见卓识。在作者笔下，一个没有读过书的、在金钱面前如此轻易便"利令智昏"、对戏曲之于家庭的"危害"毫无概念的不明白的妇人形象，就这样跃然纸上，惟妙惟肖。作者对此评论：不说谭绍闻坏了门风，只可惜一个碧草轩，也有幸与不幸之分：药栏花砌尽芳荪，俗客何曾敢望门；西子只从蒙秽后，教人懒说苎萝村。

第八十八回，再次写到碧草轩，此时以谭绍闻为代表的谭家正处在衰败时期。他眼中旧日书房成了"包办酒席"的"西蓬壶馆"。书房变酒场，可谓讽刺至极，也充分显示了纨绔子弟的没落。在《歧路灯》中，作者多处用反讽的手法，造成了匾名与匾主人之间或与当时的情景之间的强烈反差，发人深思，收到了很好的艺术效果。如"慎思亭"闹酒一节，就是如此。那日，盛希侨邀两位结拜不久的"八拜之交"兄弟谭绍闻、王隆吉在盛宅相聚，他们在尼姑、妓女的陪同下，又是赌博，又是喝酒，后来几个人喝得昏天黑地，一同来到盛宅的西亭子上：众人一齐走到西亭子上，上面横着"慎思亭"三字匾。(第十七回)"慎思亭"下本应"慎思"而行，然而，匾主人聚众狂喝滥赌，无所顾忌。"慎思亭"这三字匾横在他们头顶，冷眼看这些闹酒之徒。"慎思亭"上少主人的所作所为，与此匾的"慎思"二字，构成一幅无言的反讽图。这些情节与情景的设置，环境与人物之间所形成的反差，给人以苦不堪言的感觉。这种反讽手法的运用，产生了极为强烈的艺术效果，足见作者的匠心独运和艺术功底。

书房是乾嘉时期这一特定时代环境下的产物，看似规范正派的背后，隐藏着不肖子弟们的丑恶嘴脸。往往书房的名称代表着书房主人的原始用意，这些用意是美好的、劝善的，而在一帮陷入迷途的子弟经营下，书房的功用与原始名称产生了鲜明对比。碧草轩在《歧路灯》中不只是充当一个叙事环境，更如一盏明灯提示和警戒故事中的人物，对当时的读者更是一种警诫。《歧路灯》整个故事所假托的时间为明代嘉靖年间。而作者实际的写作时间是在清中期。尽管这一时期整个社会处于相对稳定的状态，生产得到了恢复和发展，经济比较繁荣，然而繁华的背后掩盖不了衰微之态。作者在这样一个社会状况下敏锐地感知到存在于社会中的危机与隐忧。在《歧路灯》中，李绿园对这一浮华的社会风气作了真实的描绘，刻画了一群栩栩如生的、在赌场中应运而生的不肖子弟：赌徒、骗子、帮闲、恶少……不管是出身于官宦家庭，还是来自乡绅家庭，他们都是封建官僚地主阶级的不肖子孙，守业无方、败家有术，还都染上了吃、喝、嫖、赌等恶习，把家产挥霍得一干二净。他们是这种特定社会环境的产物，地主阶级的家庭基础给了他们不劳而获的特权，表面上的物质富裕给了他们有闲有钱的自由，而社会风气的败坏又引诱他们去过这种灯红酒绿、醉生梦死的日子，可以说是恶劣环境造就了他们的品行和性格。虽然他们有不同的性格特点，但他们"败家子"的行为是相同的。同时，他们这种败落的行为，也在影响改变着环境，加剧社会风气的进一步恶化。另外，明清易代所引发的天翻地覆的变化，深刻影响到当时社会思想。在这样的背景下，明末由东林诸子顾宪成、高攀龙发端的"由王返朱"的声浪延续下来。在这样的背景下，文人们赋予了书房极为崇高的意义。清初统治者还是沿用了前朝以儒为主、道释为翼、儒道释并用的治世原则，极力推崇程朱理学，重用理学名臣，在陆王心学影响不大的北方，更是程朱理学的天下，而使得开封有"中州理学名区"（第七回）的称号。李绿园身上的理学气息，由此可见一斑。碧草轩就是理学正统的一种象征，作者就是想利用这盏理学的明灯为后人照路。

第六节 《蜃楼志》
——别样的岭南风情

《红楼梦》自清代乾隆年间出现以来,深得世人的喜爱,其仿作层出不穷。尽管在数量上这类作品呈现出一定的势头,但在艺术手法和思想内容上突出的作品并不多见。其中,创作于嘉庆初年的《蜃楼志》,可谓是较为鲜亮的一部作品,透着异彩,足够让世人玩味。《蜃楼志》上承《金瓶梅》《红楼梦》等世情小说,下启近代狭邪小说和谴责小说的先河,在中国小说发展史上具有承上启下的独特地位。此书共二十四回,近二十万字,展现了十八世纪末十九世纪初广东岭南地区的社会风貌。据百花文艺出版社1987年出版的《蜃楼志全传》校点后记介绍,该书最早刊本为嘉庆九年。由此推知,这部书大约成于乾嘉之际。此书将笔触集中在广州十三行洋商苏万魁之子苏吉士的生活经历上,中间穿插着商人、官僚、文士、僧侣等各个阶层,向世人展现了一个在世纪之交,东西方文化混融的状态下,一个浮华而真切的世界。重点塑造了十九世纪初期对外开放背景下的粤商群体形象,艺术再现了清代后期广东在西方文化的熏染下,中国市民阶层在时代变动时所面临的抉择与不安。郑振铎先生曾无意中在巴黎读到这部作品,为之感叹:"名作之显晦,真是有幸与不幸之分的!"戴不凡也评价道:"就我所见过的小说来说,自乾隆后期历嘉、道、咸、同以至于光绪中叶这一百年间,的确没有一部能超过它的。"①与之前的世情小说不同的是,《蜃楼志》表现的场面更为阔大,走出了家族府邸和亭台楼阁,面向广阔的社会场地。

一、岭南园林风格的集中呈现

《蜃楼志》产生于广东一带的岭南地区,这一地域在之前的世情作品中没有出现过。整篇作品充满了浓郁的岭南风情,对当地的民俗风情有较为详细的描述,这些都源于作者对这一地域的熟悉。该书题为"庾岭劳人说、禺山老人编",开篇由罗浮居士作序。罗浮居士在《蜃楼志小说序》云:"劳人生长粤东,熟悉琐事,所撰《蜃楼志》一书,不过本地风光,绝无空中楼阁也。"②从中我们可以看出,《蜃楼志》的作者为广东籍。《蜃楼志》中所提到园林的地方有三处,分别为温家的园子、苏家的园子和乌家的园子,皆为自家的庭院。在这三处花园中,对苏家的建筑描绘是较为细致的,最能够代表本地的特色。如第二回中苏万魁在花田所建房屋:

---

① 戴不凡《小说闻见录》,杭州:浙江人民出版社,1980年版,第277页。

② (清)庾岭劳人《蜃楼志》,石家庄:花山文艺出版社,1993年版,第1页。

共十三进，百四十余间，中有小小花园一座。绕基四围，都造着两丈高的砖城，这是富户人家防备强盗的。

笑官跟着父亲，踱进墙门。过了三间大敞厅，便是正厅，东西两座花厅，都是锦绣装成，十分华丽；一切铺垫，系家人任福经手，俱照城中旧宅的式样。上面挂着一个"幽人贞吉"的泥金匾额，是抚粤使者屈强名款。右边一匾，是申广粮题的"此中人语"四字；左边一匾，是广州府木公送的"隐者居"三字。正中一副对联是："德可传家，真布帛菽粟之味；人非避世，胜陶朱猗顿之流。"款书："吴门李国栋"。其余谀颂的颇多，不消赘述。

进去便是女厅、楼厅，再后面便是上房，一并九间。①

从以上作者对苏家宅园的描绘，我们似乎能够看到与北方园林与江南园林不同的一些特点。

位于广东一带的岭南园林，作为中国古典园林艺术宝库的一个重要分支，在继承中国古典园林艺术的基础上形成了自己独特的风貌。岭南是我国南方大庾岭、骑田岭、都庞岭、萌诸岭和越城岭五岭以南地域的统称。此地域气候湿热，并且有悠久的造园传统和乡土文化气息，孕育出清晰

---

① （清）庾岭劳人《蜃楼志》，石家庄：花山文艺出版社，1993年版，第42页。

旷达、素朴生动的岭南园林，与雍容华贵的北方园林，秀丽典雅的江南园林一起，构成我国古典园林的三大派系。书中所说的"共十三进，百四十余间，中有小小花园一座。绕基四围，都造着两丈高的砖城"，这是从整体的角度来描写的：这是一座结构完整、规模宏大的地主庄园。这里有十三进的结构，房间有一百四十多间。四周围的是高高的院墙，而花园则包围在中间。这样的建筑风格是在以往的作品中难以见到的。以往的世情作品中所述的花园多是独立的、开放的，或与居所联系不大。《蜃楼志》中的苏家花园显然被包围在一系列的建筑中，这一点与岭南园林的风格特色十分接近。岭南园林的布局形式大体上可以分为两种：一种是建筑物围绕在花园的四周，形成一种包裹式；另一种则为前庭后院布局形式。苏家园林显然是前一种形式，就是"连房广厦"式。"连房广厦"式的楼房，亦称迷楼，在国内是罕见的形制，是营造模糊空间的典范。将日常人们居住的建筑物沿庭院外围线成群成组地布置，用"连房广厦"式围成内庭空间，使庭院空间与日常生活空间紧密结合，形成"连房广厦"，造园用地虽不多，但通过精巧的设计和园林要素的布局，从而增添了园内幽深别致之气氛，形成了"满院绿荫人迹少，半窗红日鸟声多"的独特造园风格。很多人称这种以建筑空间为主的园为庭园或庭院，以区别于以自然空间为主的造园形式。这种类型的园林充满着家庭人伦的意味，同时也有着现实的实用性功能：抵挡恶劣气候的侵袭，又可以抵挡强烈的光线和较高的温度，从而达成绿荫满院的理想效果。这是一种将生活和情趣融为一体的园林布局形式，园林由之前理想化、梦幻化的一种空间形式转向世俗化和生活化，人们在寻常的生活起居之余就能置身于园林之趣中，园林已经不再是文人士大夫实现隐逸和出世理想的虚幻载体，而是可居可游、花繁荫浓、鱼鸟依人的生活环境，是入世生活必不可少的享受。这充分体现出岭南园林的入情、入世、入俗的务实品格，折射出岭南人追求真实的生活，注重生活的物质享受与游乐的情怀。

岭南园林的另一个特色也在《蜃楼志》中的园林有所体现。那就是小巧典雅、轻盈畅朗。文中特别交代了笑官的住处：

> 天井旁边有座假山，钻山进去，一个小小圆门，却见花草缤纷，修竹疏雅。正南三间平房，一转都是回廊；对面也是三间，却又一明两暗，窗妩精致，黝垩涂丹。①

假山、圆门、花草、修竹，这些元素构成了园林的基本布局，其中并无繁杂的摆设，布局巧妙而清幽。第六回中的乌家花园也具备同样的风格：

> 出得门来，但见树木参差，韭畦菜垄，却无甚亭

---

① （清）庾岭劳人《蜃楼志》，石家庄：花山文艺出版社，1993年版，第43页。

台。沿着一条砖路，迤逦前行，远远望见有几树残梅，旁边有几间高阁，因走至那边。那房子里头也摆着几张桌椅榻床，上边挂着"止渴处"三字的匾额，阁上供着一尊白衣观音，却极幽静。

这些都突出了岭南园林的占地面积小但布局精妙的特点。其中的山、木、草、石等皆从属于居所建筑，因而所形成的景致也是时时刻刻与建筑联系在一起的，整个的景观欣赏停留在几个点中，而非整个的面上。居室与园林空间巧妙地融为一体。整个布局玲珑小巧，然而无拥挤之态。朱敦儒在《感皇恩》一词中说："一个小园儿，两三亩地，花竹随宜旋装缀。"这正是岭南园林小巧的一个写照。园林主人对小的注重，反映了人们注重平和、悠远、淡雅的审美追寻。

二、以"洋"为尚的园林风尚

《蜃楼志》的发生背景是在19世纪乾嘉时期。这一时期正处于中国历史的近代时期。乾嘉时期是清王朝出盛而衰的转折点。表面上的繁荣已掩盖不住日益深重的各种危机，尤其是经济繁荣的背后官场贪污成风，生活糜烂成为普遍的社会现象。《蜃楼志》向世人展现了一幅"乾嘉盛世"之末广东岭南地区的社会生活画面，其价值之高、模拟世态之细致，表现出了作者独到的社会人生的体验。郑振铎称赞：

"无心于谩骂，而人世之情伪皆显。"[①]

中国对外货物交流的历史久远，广东一隅因周边沿海，故而自古以来成为贸易的重要港口，自唐代起此地就设立了市舶司，各国各地的商船在此云集，货物交往甚密。在历史上，中国的通商口岸一直都在不断变化中，在开放与封闭的交替中演进着。清代康熙之时，对外贸易盛极一时，通商口岸有广州、漳州、宁波、南京等数处，商税亦有所消减，于是一时间各国船只往来频繁，沿海贸易一度十分兴盛。然而到了乾隆之时，通商口岸在统治者的命令下锐减，只留有广州一个口岸来通商，并且征收较高的商税。乾隆还给英王发去谕旨说：若将来船至浙江、天津，欲求上岸交易，守土文武必不令其停留，立时驱逐，勿谓言之不预。可见，广东沿海一带是独有的对外贸易的港口。《蜃楼志》所写的正是这种情况下的广州沿海一带，作品在开篇就提到了外贸这一行业：广东洋行生理在太平门外，一切货物都是鬼子船载来，听凭行家报税，发卖三江两湖及各省客商，是粤中绝大的生意。苏万魁口齿利便，人才出众，当了商总，竟成了绝顶的富翁。广州十三洋行（或称十三行）是清代康熙中期开放海禁以后逐渐形成的商业行会组织，并逐渐具备了垄断性质。它并非固定的十三家，最多时有二十六家，最少时仅有四家。作为垄断性的商业行会组织，十三洋行承接了经

---

① 齐裕焜主编《中国古代小说演变史》，北京：人民文学出版社，2015年版，第370页。

广州口岸进出口的全部贸易业务,有着划定进出口货物价格、全部代理货物进出口业务的权威,其利润之肥厚可想而知。尽管如此,货物的沟通交流始终未有所减。清代范瑞昂在《粤中见闻》中曾描述过这一行业:其出于九郡者曰广货,出于琼州者曰琼货,出于西南诸番者曰洋货,分列十三行中。①由此可知,十三行聚集了国内国外四方各地之货物,是商品的集中之地,这样就造就了拥有千万家资的富商巨贾。而《蜃楼志》中的苏万魁、温盐商、乌必元等就是这一阶层的代表。

十三行是当时中国中外商品最集中的地方。洋货的大量涌入改变广州商业的传统风格,外贸已经成为城市繁荣和商人致富的基本动力。出于猎物好奇的心态,人们对广州口岸皮货、千里镜、钟表、洋红等高档消费品有较大需求,这些奢侈消费品甚至引起了乾隆皇帝的注意:在乾隆二十三年(1758)的一道谕旨中,他要求广州洋行,买办洋钟表、西洋金珠、奇异陈设或新式器物,皆不可惜费。于是这些来自海外的新奇货物被运送到遥远的京城和其他内地城市。而广东本地的富商官僚更是以洋货为尚,往往成为其炫富和享乐的标志。当然,既然称这些货物为奢侈品,必然有着高昂的价格,这些不是一般阶层能够承受的。正如道光年间的一首《竹枝词》所言的:"奇珍异宝知多少,不是中华日

---

① (清)范瑞昂撰、汤志岳校《粤中见闻》,广州:广东高等教育出版社,1988年版,第21页。

用资。"

对于这些洋货的崇尚,并非一开始就有的,一些传统的文士对此甚至不屑一顾。如屈大均所说:澳门所居,其人皆西洋舶夷,性多黠慧。所造月影、海图、定时钟、指掌柜,亦有裨民事,其风琴、水乐之类,则淫巧诡僻而已。屈大均从实用的角度去评判这些货物的价值,认为这些东西虽在日常生活中起到一定作用,然而有一些东西新奇有余而华而不实。这样容易使人玩物丧志,于国于民得不到任何。然而传统的评判阻挡不了人们的好奇心和占有欲,随着外贸活动的盛行和社会的开放化,这些货品成为一种典雅富贵的象征,出现在一些官僚和富商的庭院摆设之中。乾嘉年间十三行的总商潘有度多次接待外商,与他们品茶赏园,纵谈西洋近事。他对西方用品较为喜爱,收藏了当时最佳的世界地图和航海图,以及千里镜等珍贵物品,其学识和眼界超过当时的一般商人。潘有度写下《西洋杂咏》620首,对19世纪初期的西方文明,作出了自己的主观评价,其中有相当一部分诗是对西方消费品和消费文化的总体认识。当然这里不乏一些商人对物欲的追求、对财富的炫耀等因素在内。《蜃楼志》中的温盐商家的花园摆设就是这样背景下的一个产物:

> 原来老温人品虽然村俗,园亭却还雅驯。这折桂轩三间,正中放着一张紫檀雕几、一张六角小桌、六

把六角靠椅、六把六角马杌，两边靠椅各安着一张花梨木的榻床，洋锐炕单，洋藤炕席，龙须草的炕垫、炕枕，槟榔木炕几。一边放着一口翠玉小磬，一边放着一口自鸣钟。东边上首挂着"望洋惊叹"的横披，西边上首挂着吴刚斫桂的单条。三面都是长窗，正面是嵌玻璃的，两旁是雨过天晴蝉翼纱糊就的。窗外低低的一带鬼子墙，墙外疏疏的一二十株丹桂。

这是一个掺杂着洋文化、东西合璧的一个园林。西洋元素占据了将近一半的内容，"洋锐炕单""洋藤炕席"与"炕垫""炕枕"相对，"自鸣钟"与"翠玉小磬"相对。"望洋惊叹"的横披与吴刚斫桂的单条相对，长窗与玻璃窗相对。"望洋惊叹"显示出这一时期人们的一个心理变化：面对突然涌入境内的西洋器物，他们是好奇甚至惊讶。这是历史潮流的必然结果。

三、才子佳人式的婚恋模式——园林邂逅

《蜃楼志》中有大量篇幅记录苏吉士与众妻妾的婚恋情爱。苏吉士可以说是贾宝玉与西门庆两者合一的化身。作者不惜笔墨描绘了苏吉士在情场中的追逐与得失，集精神追求与情欲于一体。主人公对情欲的追求体现了当时男性对女性和婚恋的一种态度和追求。苏吉士就是这一时代下

的一个理想模型。作者通过李匠山之口说：吉士嗜酒而不乱，好色而不淫，多财而不聚，不使气，却又能驰骋于干戈荆棘之中，真是少年仅见。酒、色、财、气俱全，而又能皆不为其所累，尽情享受生活的同时，又能做到持之有节，不求功名富贵，而功名富贵自来，妻妾成群，而又能家庭和睦。苏吉士的生活方式、人生道路被描绘成一幅理想的图画，而实际上未能脱离传统的文人雅士的一种生活模式。在这样的一种生活模式下，苏吉士与众人的相遇自然被放入传统的才子佳人的相遇模式，即在花园中偶遇或约会。苏吉士与温素馨的会面是在温家花园中，在这里上演着一幕幕温情缠绵的场景。如第六回在乌家花园中遇见乌小乔的场景：

> （笑官）立起来闲眺，因见后门开着，想道："老乌说有甚园子，不知是个什么模样的？"出得门来，但见树木参差，韭畦菜垄，却无甚亭台。沿着一条砖路，迤逦前行，远远望见有几树残梅，旁边有几间高阁，因走至那边。那房子里头也摆着几张桌椅榻床，上边挂着"止渴处"三字的匾额，阁上供着一尊白衣观音，却极幽静。玩了一会，转身出来，扑面看见乌小乔分花拂柳而至，喜得笑官连忙作揖，说道："小弟不知姐姐到来，有失回避。"小乔红着脸，笑吟吟还了一礼，也说道："这是小妹失于回避了。"笑官再欲开言，他已冉冉而去。笑官望了一刻，赞道："好个聪明美貌的

女子，竟出于二温之上，我今日一见，不为无缘。

这里有才子的钟情与才女的羞涩，更有花园作为媒介来促使两人的相遇。作者似乎找不到一个更为合适的场景和媒介来使才子与佳人相遇，最终将目光投向后花园这一传统模式中。这种模式使得在现实主义笔法的基础上平添几分梦幻气息和浪漫情调。

然而作者只是暂时地袭用这一模式。他并未沿着才子佳人的塑造模式来塑造人物。苏吉士可以称得上是才子，然而其才并未表现在他的满腹经纶上，而是表现在一种人生态度上。他并没有像传统的才子那样去走科举仕途之路，正如他对素馨说的那样："我也不想中（举人、进士），不想做官，只要守着姐姐过日子。"尽管他并没有对仕途积极追求，却从未放弃儒家的一些思维理念。一方面漠视功名，另一方面积极经商，他追求自由而不疏狂，享受情欲而不纵欲。他善于经营却又重义好施，是一个带有儒家传统风范的新式商人的典型代表，包含着时代的文化意蕴，是一种新型的才子。

如果说苏吉士是当时的才子的话，那么书中对佳人的塑造似乎并不那么饱满。这里涉及的女性人物众多，与苏吉士关联的就有6个。然而其中除了温素馨和乌小乔之外，其他人物的形象内蕴并不突出。温素馨是这里第一个出场的，也是作者着墨最多的一个女性人物。作者以"素馨"为之命名,是有其深意的。素馨花是岭南一带园林中常见的一种花卉,而且有许多关于它的传说。屈大均在《广东新语》卷十九《坟语》中提到:南汉葬美人之所也。有美人喜簪素馨,死后遂多种素馨于冢上,故曰素馨斜。至今素馨酷烈,胜于他处。以弥望悉是此花,又名曰花田。岭南人喜欢素馨花,并以之为贵:南人喜以花为饰,无分男女,有云髻之美者,必有素馨之围。在汉时已有此俗。故陆贾有彩缕穿花之语。此花有其独具一格的特点。屈大均在《广东新语》卷二十七《草语》中记载:花宜夜。乘夜乃开。上人头髻乃开。见月而益光艳。得人气而益馥。竟夕氤氲。至晓萎。犹有余味。又说:南越百花无香。唯素馨香特酷烈。由此可知,素馨花是一种充满香气且适合夜间佩戴的花。可见,这种特点正如温素馨一样,温素馨在温家后花园中就与在他家读书的苏吉士暗生情愫,私下与之结合后由于家庭的干扰和自己偶然一次过失,最终嫁给无赖之徒乌岱云,之后遭到百般折磨,最终削发为尼。遁入空门。温素馨有着清丽温柔的外表,敢于争芳的性格。与苏吉士几次都是在夜间花园中相会。然而最终的命运是令人扼腕叹息的。她首先钟情于苏吉士,紧接着移情别恋乌岱云,最终因遇人不淑而遭到虐待,一如素馨斜中所葬的美人一般,令人惋惜。可见,《蜃楼志》在选材情节构思和人物塑造诸方面明显地受到《金瓶梅》《红楼梦》的影响。小说许多情节的构思和场面的描写,我们可以在《金瓶梅》《红楼梦》中找出渊源,有着较深的模仿痕迹,然而能够在模仿中有所突破,将敏锐的艺术目光射向广阔的社会画面。

总的来看,《蜃楼志》作者对自己所写的各种社会现象抱一种无可奈何、凭其毁灭的态度,他虽有治世之理想,但也看透"官"与"财"同样是海市蜃楼。在小说结尾,作者借李匠山之口说:天下的事,剥复否泰,哪里预定得来?……酒色财气四字,看得破的多,跳得过的少……我们再看几年光景!历史证明,"后几年的光景"更是江河日下了。《蜃楼志》以自己深邃的目光、独特的构思、峭拔的风格、辛辣的笔调反映了清代中期的生活,特别是它描摹的早期的洋商——中国买办资产阶级的前身和海关官员的形象,为中国古典小说所罕见。这些人物之间的矛盾冲突,以及作品情节所显示出来的动荡时局,对人们清晰地认识中国的那个时代具有不可多得的价值,它在艺术上的创造毫无疑问地为种类多、变化大的清代小说增添了光彩,标志着乾嘉时期中长篇小说创作的繁荣成熟,同时为明清长篇世情小说画上了一个圆满的句号。

结　语

　　明清之际,园林艺术与世情小说同时兴起,在彼此交织和影响下两者最终结合在一起,成就了一门综合的艺术。古典园林是中国审美文化的重要代表,凝聚着数千年来人们的智慧与妙思,是人们理想空间的集中代表。从明代中期以来,中国古典园林的发展迈入了鼎盛时期,其精湛的技艺、精美的环境、巧妙的构思成为当时文人士子钟爱的艺术之一。世情小说作为明清时期盛行的小说文体,记录了社会百态、人间万象,代表了中国古典小说的艺术高峰。

　　世情小说属于一个历史性的概念,最初诞生于鲁迅的研究当中,从一开始就具有模糊性,因而这一概念成为一个流动的系统,随着社会的发展和研究的深入而不断变化和更新。历代研究者们给出了各自的理解和定义,世情小说的作品也有范围大小的差别。无论这一概念如何定义,作品范围如何变动,有几部作品的地位是不可撼动的,那就是

《金瓶梅》《醒世姻缘传》《林兰香》《红楼梦》《歧路灯》《蜃楼志》等6部长篇作品。这些可以称得上是纯世情类作品,争议较少。

毋庸置疑的是,世情小说包含的范围和作品类型很广。如才子佳人小说、狭邪小说、《金瓶梅》和《红楼梦》的续书仿书等,都具有较大篇幅的世情因子,因而也都可以笼统地归为世情小说。笔者将这些作品称之为类世情作品,与纯世情类的作品有所区别。

世情小说的创作者以本于现实的创作心态,将自身对生活的体验融入创作之中,把日常生活中园林空间引入小说创作之中。这一叙事环境的引入,完成了故事情节由奇幻走向现实、由神魔历史走向真实生活的一种回归。这是一种属于特定时代和特定文体的艺术现象。

明清世情小说中园林的精彩纷呈,体貌多样,有着深厚的历史文化渊源。以小说史为脉络,将园林文化从历朝历代小说作品中剥离出来,从中探求出形成明清世情小说的根源,分别为小说中山水意识的观照、仙乡乐岛的追寻、现实园林文化的影响效应三大主流因素。另有明清之时园林文化的影响效应和社会思潮的影响,使得当时文人们的生活态度与人生理想发生了重大的改变,对于自我人生的真正认识成为此时士人们的普遍追求。文人士子张扬而恣肆地追逐着现实生活中的感官享受,忘情地投入一亭一园之中。晚明之时的游记小品文淡化了文章形式而添加了神韵,自由地抒发情思,真实地表现日常生活和个人情感。这些都为世情小说园林的营构打下了基础。

明清长篇世情小说皆为白话通俗小说,从语言的风格和体式上也可以说明其与"说话—话本"的渊源。而明清时期的文人拟话本小说,本质上为短篇的世情小说。两种小说文体在萌生的社会背景和观赏者的文化素养和审美上都有一定的相似性,在结构体制与叙事形式上也有所承袭。另外,两者皆具有真实化的叙事图景和面向观众的叙事口吻,因而说世情小说与话本小说是同源,这就决定了世情小说拥有强大的生命力和浓郁的生活气息。对外部空间环境的重视,是古代小说自身发展的要求,也是世情小说成熟的标志。由于世情小说受到其内容所限,小说背景环境多为人们的日常居所、寺院庙宇和私家花园等。明清世情小说延续了以上作品的风格和内蕴,园林的形态表现得更为细化和完整。世情小说中的园林形态多样,类型丰富,可以根据所属性质、建筑布局、主题内容、地理形态等划分为不同类型。每种园林形态的类型背后都对应着相应的小说形态和文化背景。

尽管作品中的园林形态万千,园林的艺术灵魂却是始终如一的,那就是渗透于园林形态之外的疏淡清幽、繁缛华丽和谐趣奇巧之美。

首先是疏淡清幽之美,这是一种心境之美,创作者在塑造园林时,有意地构思一个清幽之地,寄托其淡泊之心怀。

世情小说中的园林往往以疏淡清丽的形式蕴含故事人物丰赡的情思，将人生的悲喜消解在淡然从容之中，从而形成了疏淡清幽的美学风格。

其次繁缛华丽之美则是世情园林中的另一种美学风格，具体指园林摆设上的繁复华丽、精巧细腻，与当时的时代背景有着密切的关系。艺术风格上的张扬与浪漫，文人生活中的精致优雅抑或腐化奢靡，都在这一时期共存。"士商相混"的社会局面，导致这种风气繁盛。园林的繁缛华丽之美是雅俗合流的必然结果，也是社会思潮聚变下的产物。

第三种美学风格为谐趣奇巧之美。明清世情小说中的园林虽为纸上文字，虚拟空间，却时时追求一种以奇趣为美的美学风格。传统的和谐之美已经不能够带给园林艺术更大的发展空间了。那种传统的山水布局，普通的园林风物已经不能够表达内心情感和志向，创作者们要寻求一种突破和创新，找寻一种属于他们独特风格的超世俗的审美。抒发不与世同的"远俗"之意，以怪为美的怪诞之举，皆是彼时士人自放生活的表现。

世情小说中的园林形态主要借助于语言文辞的表达。最初之时，描写园林语言体式偏重于韵文，或是律诗，或是词曲，或是古文排律等，表现出一种语言程式化的特点。随着小说技法的成熟，到了清代乾隆后期，这种小说中掺杂韵文的模式逐渐被打破描绘人物或景物的手法趋向于俭省，类似于绘画中的白描。园林之所以在读者心中能够景象万千,流光溢彩,在于一些美妙词汇的串联。世情小说中的园林具有画面般的表现力,这些画面或是静态的或是流动的。

世情小说中的园林之美与小说作品内容之美往往交织在一起,共同构成了世情小说的另一番美学风格。这两种艺术与风格的交融常常以对称的形式出现,表现在世情之真与园林之幻的交织、世情之俗与园林之雅的对抗、园林情欲性与寓意伦理性的碰撞三个方面。这是园林艺术与小说艺术从属于两种不同形态艺术的结果。故而两者在美学历程上存在着交叉和互融。两门不同风格甚至截然相反的艺术类型结合在一起时,往往在交织与碰撞中生发了一番别样的美学风格。

在园林这一叙事环境的影响下,世情小说的叙事表现出了别样的特点。世情小说创作者使园林充当小说的叙事背景,完成了故事环境从奇幻向现实的一种回归,从根本上改变了世情小说的叙事风貌。园林对世情叙事的影响包括园林文化下的叙事主题多元化、园林空间对叙事要素的建构和园林意象对叙事模式的调控三个方面。"世情小说园林文化"是指在世情小说中出现的园林所蕴含的文化内蕴。在园林文化影响下,小说主题呈现出了不稳定性和多元化的特征,一系列人物形象和内蕴脱胎于园林文化。在园林空间的影响下,世情小说的情节构建发生了系列变化,在园林空间形态的引导之下,情节的组合形成了聚散结构、对应式结构、重置结构三种形式。园林空间也同样参与了世情小说的叙事节奏和叙事时间的调节。

世情小说园林的另一种形态是园林意象,这是一种高级的形态,是作者根据现实物象营造出来的诗意境界,包含着人们的情感寄托、审美体验和文化内涵的心物和谐的人物活动的优美场景。在园林意象的影响下,世情小说呈现出了独特的叙事功能模式,包括淡然琐碎的情节模式和温情柔美的情调模式两个方面。将与情节无关的大量琐事放入文本之中,如人物之间的清聊闲谈,吟诗唱和、节日宴席的铺排摆设,这些看似无用的文本材料成为世情小说具有特色的一面。世情园林是人物表达情感的直接处所,也是引发情感的重要触媒。作者将园林四季景象与人的精神性灵相互辉映,迸发出浓浓的诗意温情。

就如上面所提到的,不同的作品有着不同的园林形态,而园林在作品中所发挥的功能也有所不同。《金瓶梅》作为明清以来世情作品的开篇,成就了园林叙事的艺术,使得园林娴熟地发挥了它的叙事功能。这座花园表现出了传统的审美诉求以及新思潮下的象征意义。这一叙事空间的成熟标志着世情文体的成熟。《醒世姻缘传》中的园林形态较为零碎,并不具体突出,然而从侧面展现了山东一带乡村风情,这些花园皆属于乡宦花园,有着附庸风雅的一面,更反衬出这些乡绅官僚的粗俗不堪。明水镇作为一个郊外林园,具有分割叙事的功能,同时也寄托了作者的理想情怀。《林兰香》中的园林表现出了浓郁的文人气息,这里的环境与人物品性结合得尤为紧密,从而影响到《红楼梦》对人物的塑造。《红楼梦》中的大观园可谓是世情园林的顶峰之作,设计精妙、意备景全,是融南北风格于一体的精美之作。作者对大观园的园林设计是别具匠心的,他化用园林的"借景"技法将深情绵邈的情思和解之无穷的意蕴倾注在这一微缩的空间当中,从而赋予大观园以及整部作品独特的审美特征和意义。《歧路灯》作为世情小说史中一个具有重要转折意义的一部作品,它是首部以教育为目标的小说,因此在此作品中着墨较多的有两处景致:一个为碧草轩,另一个为南园,这是一文雅一朴实两种风格的林园风貌。碧草轩作为贯穿小说始终的书房,是谭家命运的见证者和体现者,碧草轩与谭家命运密切相关,与碧草轩紧密相拥的是"用心读书,亲近正人"的八字小学,这也正是作者的创作主旨。《蜃楼志》作为明清世情的收尾之作,向世人展现了一个在世纪之交的关头上,东西方文化交融的浮华官商世界。整篇作品充满了浓郁的岭南风情,其中所出现的私家园林皆有岭南园林的风格特色,尤其是具有以洋为尚的时代风采。明末清初的才子佳人系列小说虽非纯正的世情小说,却是类世情小说的代表,其满载诗情画意、温情缠绵的作品风格,使得其中的园林塑造显示出了戏曲舞台的程式化特性和幻美的写意式手法。

园林视域下明清世情小说研究,并非只是为了寻求一个新的视角,而是立足于当时的社会文化本位而进行的一种小说文体的探究。在这一视域下能够窥探出园林与世情小说两类艺术的发展特点，为明清园林艺术作补充，能够进一步探究位于其背后的世情类作品的艺术手法和本质内蕴。

主要参考文献

一、园林研究专著

[1]曹林娣.中国园林文化[M].北京:中国建筑工业出版社,2005.

[2]陈从周.园韵[M].上海:上海文化出版社,1999.

[3]陈洪.中国小说理论史[M].天津:天津教育出版社,2005.

[4]陈植,张弓他.中国历代名园记选注[M].合肥:安徽科学技术出版社,1983.

[5]杜道明.中华文明探微·天地一园:中国园林[M].北京:北京教育出版社,2013.

[6]葛兆光.中国思想史[M].上海:复旦大学出版社,2001.

[7]顾一平.扬州名园记[M].扬州:广陵书社,2011.

[8]郭俊纶.清代园林图录[M].上海:上海人民美术出版

社,1993.

[9]金学智.中国园林美学[M].北京:中国建筑工业出版社,2005.

[10]王稼句.苏州园林历代文钞[M].上海:三联书店,2008.

[11]王平.中国古代小说叙事研究[M].石家庄:河北人民文学出版社,2001.

[12]杨义.中国叙事学[M].北京:人民出版社,1996.

[13]张世君.《红楼梦》的空间叙事[M],北京:中国社会科学出版社,1999.

[14]赵厚均,杨鉴生.中国历代园林图文精选[M].上海:同济大学出版社,2005.

[15]周维权.中国古典园林史[M].上海:上海人民出版社,2004.

二、古籍作品专著

[1]即空观主人.即空观主人批点二拍[M].天津:天津古籍出版社,2010.

[2]凌濛初.二刻拍案惊奇[M].北京:华夏出版社,2008.

[3]李海观.歧路灯[M].济南:齐鲁书社,2001.

[4]黄轶球译.金云翘传[M].北京:人民文学出版社,1959.

[5]雷梦水,等.中华竹枝词[M].北京:北京古籍出版社,1997.

[6]上海古籍出版社.唐五代笔记小说大观[M].上海:上海古籍出版社,2010.

[7]王根林,黄益元,等校点.汉魏六朝笔记小说大观[M].上海:上海古籍出版社,1999.

[8]佚名.隔帘花影[M].北京:时代文艺出版社,2003.

[9]袁珂,山海经校注(增补修订本)[M].成都:巴蜀书社,1993.

[10]李聃.老子注译及评介[M].陈鼓应注译.北京:中华书局,1984.

[11]王嘉.拾遗记(外三种)[M].上海:上海古籍出版社,2012.

[12]甘宝.搜神记[M].汪绍楹校注.北京:中华书局,1979.

[13]冯梦龙.警世通言[M].北京:人民文学出版社,1956.

[14]冯梦龙.冯梦龙全集[M].南京:凤凰出版社,2007.

[15]胡应麟.少室山房笔丛[M].北京:中华书局,1958.

[16]金木散人.鼓掌绝尘[M].刘葳校点.南京:江苏古籍出版社,1990.

[17]兰陵笑笑生.金瓶梅(会校本)[M].秦修容整理.北京:中华书局,1998.

[18]兰陵笑笑生.金瓶梅:皋鹤堂批评第一奇书[M].王汝梅注.长春:吉林大学出版社,1994.

[19]文震亨.长物志[M].南京:江苏科技出版社,1984.

[20]西周生.醒世姻缘传[M].翟冰校点.济南:齐鲁书社,

1994.

[21]荑秋散人.玉娇梨[M].北京:人民文学出版社,2006.

[22]张翰.松窗梦语[M].上海:上海古籍出版社,1986.

[23]耐得翁.都城纪胜[M].北京:中国商业出版社,1982.

[24]吴自牧.梦粱录[M].杭州:浙江人民出版社,1984.

[25]曹雪芹.脂砚斋重评石头记[M].郑州:中州古籍出版社,2010.

[26]金木散人.鼓掌绝尘[M].刘葳校点.南京:江苏古籍出版社,1990.

[27]李绿园.歧路灯[M].栾星校注.郑州:中州书画社,1980.

[28]李汝珍.镜花缘[M].北京:华夏出版社,1995.

[29]李渔.闲情偶寄[M].北京:中华书局,2007.

[30]徐珂.清稗类钞[M].北京:中华书局,1984.

[31]庚岭劳人.蜃楼志[M].南京:凤凰出版社,2013.

[32]庚岭劳人.蜃楼志[M].石家庄:花山文艺出版社,1993.

[33]孟元老.东京梦华录[M].北京:中华书局,2006.

[34]周密.武林旧事[M].杭州:西湖书社,1981.

三、文学研究专著

[1]阿英.晚清小说史[M].北京:东方出版社,1996.

[2]陈大康.明代小说史[M].上海:上海文艺出版社,2000.

[3]陈节.中国人情小说通史[M].南京:江苏教育出版社,

1998.

　　[4]陈平原.中国小说叙事模式的转变[M].北京:北京大学出版社.2003.

　　[5]陈汝衡.说书史话[M].北京:作家出版社,1958.

　　[6]陈文新.文言小说发展史[M].武昌:武汉大学出版社,2002.

　　[7]董乃斌.中国古典小说的文体独立[M].北京:中国社会科学出版社,1994.

　　[8]杜贵晨.李绿园与歧路灯[M].沈阳:辽宁教育出版社,1992.

　　[9]段江丽.《醒世姻缘传》研究[M].长沙:岳麓书社,2003.

　　[10]方正耀.明清人情小说研究[M].上海:华东师范大学出版社,1986.

　　[11]冯保善.凌濛初研究[M].北京:人民文学出版社,2009.

　　[12]侯忠义.中国文言小说参考资料[M].北京:北京大学出版社,1985.

　　[13]侯忠义.中国文言小说史稿[M].北京:北京大学出版社,1997.

　　[14]胡士莹.话本小说概论[M].北京:商务印书馆,2011.

　　[15]胡士莹.话本小说概论[M].北京:中华书局,1980.

　　[16]胡文彬.《红楼梦》与中国文化论稿[M].北京:中国书店,2005.

　　[17]胡衍南.《金瓶梅》到《红楼梦》:明清长篇世情小说研

究[M].台北:里仁书局,2009.

[18]黄霖.黄霖说金瓶梅[M].北京:中华书周,2005.

[19]黄霖.中国小说研究史[M].杭州:浙江古籍出版社,2002.

[20]李汉秋.《儒林外史》研究资料[M].上海:上海古籍出版社,1984.

[21]李剑国.中国小说通史[M].北京:高等教育出版社,2007.

[22]李延年.《歧路灯》研究[M].郑州:中州古籍出版社,2002.

[23]鲁迅.鲁迅全集[M].北京:人民文学出版社,2005.

[24]鲁迅.中国小说史略[M].北京:人民文学出版社,2002.

[25]鲁迅.中国小说史略[M].上海:上海古籍出版社,2004.

[26]陆树仑.冯梦龙研究[M].上海:复旦大学出版社,1987.

[27]栾星.《歧路灯》资料研究[M].郑州:中州书画社,1982.

[28]骆玉明,章培恒.中国文学史[M].上海:复旦大学出版社,1997.

[29]聂付生.冯梦龙研究[M].北京:学林出版社,2002.

[30]宁宗一.中国小说学通论[M].合肥:安徽教育出版社,1995.

[31]欧阳代发.世态人情说话本[M].武汉:华中理工大学出版社,1994.

[32]欧阳健.晚清小说简史[M].太原:山西人民出版社,

2005.

[33]浦安迪.明代四大奇书[M].北京:中国和平出版社,
1993.

[34]浦安迪.中国叙事学[M].北京:北京大学出版社,1995.

[35]齐裕焜.明清小说[M].上海:上海古籍出版社,1998.

[36]齐裕焜.中国古代小说研究[M].福州:福建人民出版社,2005.

[37]齐裕焜.中国古代小说演变史[M].兰州:敦煌文版社,
1999.

[38]石昌渝.中国小说源流论[M].北京:三联书店,1994.

[39]宋广波.胡适红学研究资料全编[M].北京:北京图书馆出版社,2005.

[40]孙逊.明清小说论稿[M].上海:上海古籍出版社,1986.

[41]谭正璧.三言两拍资料[M].上海:上海古籍出版社,
1980.

[42]王慧.大观园研究[M].北京:中国社会科学出版社,
2008.

[43]王利器.元明清三代禁毁小说戏曲史料[M].上海:上海古籍出版社,1981.

[44]王增斌.明清世态人情小说史稿[M].北京:中国文联出版公司,1998.

[45]吴福辉.二十世纪中国小说理论资料[M].北京:北京大学出版社,1997.

[46]弦声.《歧路灯》论丛:二[M].郑州:中州书画社,1984.

[47]弦声.《歧路灯》论丛:一[M].郑州:中州书画社,1982.

[48]向偕.世情小说史[M].杭州:浙江古籍出版社,1992.

[49]萧相恺.世情小说史话[M].沈阳:辽宁教育出版社,1992.

[50]杨义.中国古典小说史论[M].北京:中国社会科学出版社,2004.

[51]游友基.中国社会小说通史[M].南京:江苏教育出版社,1999.

[52]于植元.林兰香论[M].沈阳:春风文艺出版社,1984.

[53]袁行霈.中国文学史[M].北京:高等教育出版社,1999.

[54]袁世硕,张可礼.中国文学史[M].北京:中国人民大学出版社,2006.

[55]张俊.清代小说史[M].杭州:浙江古籍出版社,1997.

[56]张双棣.《淮南子》校释[M].北京:北京大学出版社,1997.

[57]张廷兴.中国古代艳情小说史[M].北京:中央编译出版社,2008.

[58]赵景深.中国小说丛考[M].济南:齐鲁书社,1980.

[59]郑振铎.郑振铎古典文学论集[M].上海:上海古籍出版社,1984.

[60]郑振铎.中国俗文学史[M].北京:东方出版社,1999.

[61]朱一玄.《金瓶梅》资料汇编[M].天津:南开大学出版

社,2006.

[62]朱一玄,朱天吉.明清小说资料选编[M].天津:南开大学出版社,2006.

[63]左东岭.李贽与晚明文学[M]南京:江苏古籍出版社,1998.

四、美学理论专著

[1]李泽厚.李泽厚美学论集[M].上海:上海文艺出版社,1980.

[2]吴士余.中国小说美学论稿[M].上海:复旦大学出版社,2006.

[3]叶朗.中国美学史大纲[M].上海:上海人民出版社,2007.

[4]叶朗.中国小说美学[M].北京:北京大学出版社,1982.

[5]朱良志.中国艺术的生命精神[M].合肥:安徽教育出版社,1995.

[6]宗白华.美学散步插图本[M].上海:上海人民出版社,2006.

五、论文

[1]崔红梅.古典文学中的花园意向解读[D].齐齐哈尔大学硕士学位论文,2012.

[2]郭丽.唐代小说中的园林研究[D].西北大学硕士学位论文,2009.

[3]韩素梅.中国士人园林的审美解读[D].山东大学硕士学位论文,2007.

[4]罗燕萍.宋词与园林[D].苏州大学博士学位论文,2006.

[5]申明秀.明清世情小说雅俗流变及地域性研究[D].复旦大学博士学位论文,2012.

[6]肖玲玲.红楼梦对中国古典园林文化的接受[D].重庆师范大学硕士学位论文,2008.

[7]张婕.明清小说与园林艺术研究[D].苏州大学硕士学位论文,2005.

[8]周武忠.理想家园[D].南京艺术学院博士学位论文,2002.

附　录:园林剪影

元·陆广《仙山楼观轴》

明·文征明《东园图》

明·仇英《金谷园图》

附录：园林剪影

明·文征明《桃源问津图》

明·文嘉《曲水园图卷》

清·孙温《全本红楼梦图》(局部)

清·袁耀《蓬莱仙境图》

圆明园《四十景图》(局部)